우리 함께

투게더

지은이 **박문구**

강원도 삼척에서 태어남.
초등과 중등 시절 여러 학교를 전전함.
이후 강릉에서 젊음을 보냄.
가톨릭관동대학교 졸업.
강원일보 신춘문예 소설 당선.
그 후 산과 바다를 헤매고 돌아다님.

단편소설모음집: 『환영이 있는 거리』

투게더
: 우리 함께

© 박문구, 2017

1판 1쇄 인쇄__2017년 08월 01일
1판 1쇄 발행__2017년 08월 10일

지은이__박문구
펴낸이__양정섭

펴낸곳__작가와비평
　　　　등록__제2010-000013호
　　　　블로그__http://wekorea.tistory.com
　　　　이메일__mykorea01@naver.com

공급처__(주)글로벌콘텐츠출판그룹
　　　　대표__홍정표　편집디자인__김미미　기획·마케팅__노경민
　　　　주소__서울특별시 강동구 천중로 196 정일빌딩 401호
　　　　전화__02) 488-3280　팩스__02) 488-3281
　　　　홈페이지__http://www.gcbook.co.kr

값 12,800원
ISBN 979-11-5592-208-8 03810

청소년 뮤지컬 〈빤지와 철조망〉
그 커튼 뒤의 함성

박문구 장편소설

우리 함께

작가와비평

실수하자! 당당히 **실수**를 하자!

우리는 검은 땅에서 수많은 **실수**를 밟으며

이곳까지 왔어!

오늘, 저들 앞에서 신나게 노래를 불러보는 거야.

[등장인물]

차병호: 3학년. 청심회 회장. 새엄마를 인정하지 않는다. 거칠지만 깊은 성찰의 자세를 갖고 있다.

차진규: 차병호 아버지. 광부. 첫 부인과 헤어진 후 탄광촌에서 다시 결혼한다. 그러나 자식들과의 소통이 원활하지 못해 고민한다.

김정현: 3학년. 차병호 여자 친구.

이근식: 3학년. 청심회의 실질적 리더. 어머니에 대한 효성이 높다.

김상욱: 3학년. 〈빤지와 철조망〉의 철조망 보스.

박민선: 2학년. 김상욱 여자 친구.

김종우: 3학년. 김미영과 오래 사귀었으나 다시 신돈호의 여자 친구 김윤주와 사귀게 되어 사건이 발생한다.

김윤주: 2학년. 명랑한 학생.

김미영: 2학년. 사귀던 김종우가 떠난 후 방황하여 사건에 휘말리지만 곧 병호의 간절한 호소에 귀를 기울인다.

신돈호: 2학년. 김미영과 가까운 사이었으나 3학년 종우에게 김미영을 빼앗긴다. 그 후 박정근과 같이 사고를 저지른다.

오형식: 뮤지컬 감독. 교장을 도와 뮤지컬 부를 창단하는데 앞장선다. 별명은 곰 선생. 과묵하고 의지가 굳다. 공연을 앞두고 사고로 병원에 입원한다.

정준혁: 학교장. 탄광촌 고교생들의 비행을 목격하고는 부적응 학생들을 위해 뮤지컬 〈빤지와 철조망〉 대본을 쓴다. 그 후 뮤지컬 부를 창단할 때 교사와 학부모들의 극심한 반대에 부딪치지만 끝까지 밀고 나간다.

권영운: 교무부장. 곰 선생의 사고 후 뮤지컬 감독을 맡는다.

송경국: 학생 부장. 지역 출신. 과묵하고 사려 깊은 교사.

홍민수: 국어 교사. 소설가

※ 청심회: 학교의 불량 단체. 각 학년 6명씩 총 18명으로 조직되었으며 교사의 지시를 대충 무시하고 각종 사건을 일으킨다. 후에 모두 뮤지컬 단원이 되어 그들의 숨은 '끼'를 발휘한다.

우리,

그때 재밌었어. 아주 신났지.

2학년 어느 봄날 밤이었어.

우리 다섯은 하교 후 학교 근처 일미분식점에서 라면을 먹고 20분 거리에 있는 석공 테니스장에 모였지. 그곳은 석공 3층 건물 건너편에 있고 그 사이에 숲이 깊게 우거져 건물 내부에서는 보이지 않은 곳이었어. 바람은 세게 불었고 하늘은 구름이 반을 덮었지만 간간히 초승달이 구름 사이로 맹렬히 스치는 그런 날이었어.

우린 미리 준비한 성찬—소주 열댓 병과 오징어 몇 마리—를 테니스장 옆 벤치에 차려놓고 빙 둘러앉았어. 누구 손인지 모르는 큼직한 주먹이 병마개를 비틀었고, 각자의 앞에 놓인 종이컵에 가득 부었지. 짜릿하게 넘어가던 알코올!

모두 어떤 발화점을 억누르면서 알코올로 속을 삭였어. 딱히 끄집어낼 구체적인 무엇은 없었고, 그저 막연히 치밀어 오르는 화기를 짐작할 뿐이었지. 입에서는 연신 스발스발을 뱉어내면서, 혹은 낄낄거리면서. 우린 물기 없이 굳어버린 오징어 다리를 씹으며 계속 종이컵을 입에 기울였어. 열여덟의 패기와 무모함이 어울린 봄밤의 바람 속으로 이슥하도록 스며들었지. 왜 그랬던가. 어차피 굳어버린 학교는 우리와 어울리지 않는 그림일 뿐이었고, 그럼에도 불구하고 꼰대들은 우릴 아침부터 밤까지 좁은 교실에 묶어놓고 이해 못할 활자판을 강요할 뿐이었어.

준비한 성찬의 마지막 액체를 공평하게 나눠 입에 털어 넣고도 우리는 한참 동안 일어서지 않았어. 무언가 미흡한 게 남았던가. 아직도 가슴에서 끓어오르는 화기를 다 삭히지 못했던가.

"이 밤중에 거 어떤 놈들이 술 처먹으며 떠드는 게야?"

별안간 플래시 불빛이 어둠을 가르며 우리를 비췄어. 모자를 쓰고 검은 옷을 걸친 두 그림자. 석공 경비임을 우리는 즉각 알았어. 거친 욕설이 섞인 말씀! 그러나 우린 그런 말은 귀에 딱지가 앉을 만큼 많이 들었지. 언제 우리들에게 부드러운 음성으로 하는 말을 들은 적이 있었던가. 우린 둘러앉은 채 그대로 있었어. 불빛은 구둣발 소리를 달고 우리 곁에 다가왔고 경비들은 우리를 찬찬히 비추더니,

"어허, 이런 짜석들 봤나. 이거 고등학교 애들 아냐? 야, 너들 학교에 알리기 전에 썩 일어나 빨리 가라! 요즘 애들 다 왜 이 모양이야. 참 나도 자식들 키우지만 못 말리겠네. 이것 봐라! 하이고 술을 많이도 처마셨네. 허 참 애새끼들이라고는. 빨리 일어나서 이거 다 싸 가지고 가!"

우린 주섬주섬 일어나 우리들이 벌여 놓은 것들을 가방에 넣고는 앙앙히 나왔지. 플래시 불빛은 우리들 뒤를 한참이나 비췄어. 그러나 그냥 곱게 물러설 우리들이 아니었어. 불빛이 사라지자 우리는 다시 그 자리에 가서 필기용 면도칼로 테니스 네트를 죽죽 긋기 시작했지. 처음에는 긴장감도 있었지만 마지막에는 낮게 낄낄거리며 보이는 대로 막 그어댔지. 아주 조각조각 분해해 놓고 우리는 흐릿한 달빛 속에 서로의 얼굴을 확인하면서

씨익 웃었지.

후후 씨바꺼.

총총하게 얽혀 있던 네트는 완전히 너덜너덜하게 찢겨져 나갔어. 규칙을 찢어버린 우리들의 통쾌함!

목 차

11

1. 봄기운

"뭐야 저거? 저 새끼들, 못 보던 놈들인데?"

"그러게, 나도 첨 보는 놈들이야. 근데 저 새끼들이 지금 뭘 하는 거야?"

"저것들이 우리 애들을 놀리고 있잖아. 망할 새끼들……!"

밤 열 시가 넘어서였다. 뮤지컬 연습 후 항상 모이던 상욱이 방에서 다섯이 모여 술 한잔씩 하고 느티로를 따라 GS도계점 앞으로 내려가다가 모두 멈췄다, 평소 보지 못하던 녀석들 셋이 굴다리 밑 보도블록 턱에 걸터

앉아 떠들고 있었다. 그냥 자기들끼리 떠들고 있으면 우리는 그냥 지나쳤겠지만 그게 아니었다. 야간 자율학습을 마치고 귀가하는 우리 학교 여학생들에게 농담을 걸며 놀리고 있는 광경에 근식이가 먼저 발끈했다.

한눈에 봐도 그들은 분명 학생은 아니었다. 노랗게 염색한 머리에 사회 때가 덕지덕지 묻은 옷을 걸친 꼴로 봐서는 사회인이 틀림없었다. 대충 짐작해도 우리들보다 두세 살은 더 먹어 보였다.

"저 새끼들이 대체 어디서 날라 온 놈들이야? 분명히 우리 선배들은 아니지? 쌔끼들, 남의 구역에 왔으면 조용히 술이나 처먹고 자빠질 일이지, 우리 애들을 놀려? 망할 쌔끼들."

병호 입에서도 연신 거친 욕설이 튀어나왔다. 우리들의 터전에서 우리들끼리 한잔하고 깊은 봄밤을 즐기는 중이었다. 그런데 밤도깨비 같은 녀석들이 늦게 하교하는 우리 여학생들을 놀리고 있는 꼴을 보자 순간적으로 성질이 솟아올랐다. 그러나 이럴 땐 침착해야 한다.

"조용히 해! 어디……."

병호는 주변을 살폈다. 봄날, 포근한 날씨인데도 밤이

깊어서인지 지나가는 사람들이 많지 않았다. 병호와 근식이가 먼저 슬슬 그들에게 다가갔다. 뒤에 상욱이와 종우, 태형이가 거리를 두고 따라왔다. 병호는 친구들을 돌아보며 조용히 말했다.

"만약에 일이 벌어지면, 어떤 일이 있더라도 서로 이름을 부르지 마. 문제가 생기니까. 그리고 튀자고 할 때, 길 건너 층계 밑 다리를 건너 축협 옆으로 각자 흩어져. 그리고 혼자 집으로 돌아가야 돼. 둘 이상 뭉치면 눈에 띄니까. 절대 시내를 돌아다니면 안 된다는 거, 알지? 집에 도착하는 대로 문자 날려!"

모두 고개를 끄덕였다. 얼추 걸친 술기운에 포근한 봄밤의 훈기가 더해져 모두 조금 흥분한 상태였다. 병호가 먼저 그들에게 다가가자 근식이가 바짝 뒤를 따랐다.

"야, 너들 뭐야?"

그 중 하나가 피우던 담배를 꼬나물고 얼굴을 치켜들더니 슬슬 일어섰다. 병호를 쳐다보는 실눈이 날카롭게 빛났다.

"너어들? 말하는 꼬라지 봐라. 요것들 이거 고삐리 아냐? 짜식, 형님들이 한잔하고 바람 쐬는데, 그냥 가라.

귀찮게 하지 말고."

병호의 머리는 민활하게 돌아갔다. 지역 선배들은 분명 아니다. 여기서 간단히 벌이고 튄다. 상대는 셋, 우리는 다섯. 덩치도 비슷했다.

"고삐리? 지랄하네. 너들은 중삐리냐, 이 새꺄!"

"뭐야? 아니 이 쌔끼 말 꼬라지가 정말…….'

상대의 말이 끝나기도 전에 병호의 발이 정확히 녀석의 아랫배 급소를 걷어찼다. 그러자 헉! 하는 비명과 함께 녀석은 앞으로 폭 꺼꾸러졌다. 뒤이어 네 명이 일시에 앉아 있는 두 녀석들을 덮쳤다. 순식간의 일이었다. 앉아서 담배를 피우며 지나가는 여학생들과 노닥거리던 그들이라 미처 대비할 여유가 없이 그대로 주먹과 발길질에 당할 수밖에 없었다. 상욱이는 그 상황에서도 한 녀석의 뒷주머니에 쑤셔 박혔던 지갑이 보도블록에 떨어진 것을 보고 잽싸게 속을 뒤져 시퍼런 지폐 몇 장을 움켜 주머니에 넣었다.

"튀엇!"

다섯은 건너편 층계를 타고 뛰어 내려가서 약속한 다리를 건너 축협 옆 골목으로 흩어졌다. 모든 일은 불과

16

1분도 채 안 걸렸다. 병호도 골목을 이리저리 돌면서 집으로 가다가 불현듯 친구들 걱정이 머리 위로 치올랐다. 발길을 돌려 상욱이 방으로 갔다. 불은 꺼져 있었다. 휙 다가오는 불안감! 방에 들어가지 않고 옆 골목 어둠에 잠겨 기다렸다. 분초가 급했다. 그 녀석들이 어디서 온 누구인지도 모른다. 하여튼 우리는 오늘 일에 전혀 관계없다. 그들은 이곳 동네 불량배들에게 당했다. 우린 상욱이 방에서 놀다가 각자 집으로 돌아갔을 뿐이다. 담배를 피우고 싶었으나 이럴 땐 불빛도 조심해야 한다. 얼마나 기다렸을까. 얕은 발자국 소리가 들렸다. 이어 허리를 숙이고 벽에 바짝 붙어서 가만히 오고 있는 그림자. 상욱이다. 속삭이듯 말했다.

"왜 이리 늦었어?"

"어, 놀라라. 왜 안 갔어? 각자 집으로 튀자고 했잖아?"

"너들 걱정 때문에 돌아왔어. 하여간 방으로 들어가서 얘기하자."

방으로 들어와서 냉수를 컵째로 들이켰다. 거친 가슴이 조금 진정되었다.

“애들에게 문자 날려. 모두 집에 갔는지······.”

상욱이가 즉시 휴대폰으로 문자를 보냈다.

“곧 소식이 오겠지. 이제 10분 정도 지났나? 그런데 그 새끼들이 정말 여기 놈들이 아닌 게 맞지?”

“맞아. 모르는 놈들이야. 하여간 우린 이번 일과는 관계가 없어. 그 새끼들이 놀러왔다가 다른 놈들에게 그냥 당한 것뿐이야. 알았어?”

“말 안 해도 잘 알아들어. 그런데 내가 말야.”

상욱이는 앉아서 주머니를 뒤적거리더니 퍼런 지폐 몇 장을 꺼냈다.

······?

“한 놈 주머니에서 지갑이 떨어졌길래 주워서 돈만 꺼냈어.”

“이런 망할. 이거 문제네. 그냥 후려 팼으면 그것으로 끝내야지 돈까지······. 이거, 문제가 커질지도 모르겠네.”

“그 녀석들이 설마 신고야 하겠나? 딱 보니 좀 노는 놈들이던데.”

“에이 모르겠다. 너도 참, 그 급한 와중에 돈까지 챙길 여유가 있었어?”

"나도 몰라. 그냥 보이니까 움켰지."

상욱이는 돈을 펴 보았다. 모두 여섯 장이었다.

"그리 많지는 않네. 이런 걸 갖고 무슨 신고씩이나."

"넌 항상 편한 대로만 생각하는구나."

휴대폰이 울리기 시작했다. 상욱이가 휴대폰 문자를 확인하고 병호에게 넘겼다. '방금도착 오늘몸좀푸러슴~~', '집에도착….ㅠㅠ 넌어디야', '무사이 와따 속이 후련^^!'.

"야, 다시 날려라. 으음—. 오늘 일은 우리와 관련 없음. 우린 하교 후 상욱이 집에서 놀다가 각자 집으로 갔음. 그 애들 우린 모름. 철저히 비밀 지킬 것. 이 문자 모두 삭제."

병호는 상욱이 집으로 오는 골목에서 이런 뒷일을 모두 생각해 두고 있었다. 상욱이는 다시 문자를 보냈다.

"언제 이런 뒷일까지 생각했어? 역시 대장은 다르네."

"입 다물고, 내일 의논하자. 오늘은 조용히 가는 거다. 일이 없었으면 좋겠는데. 그 녀석들이 우리 얼굴을 조금은 알고 있을 거라 생각하니 영 찜찜해서."

"순식간인데 얼굴을 기억하겠나? 에라 나도 모르겠

다. 하여간 이젠 당분간 조용히 지내야겠어."

병호는 말없이 나왔다. 기분이 맑지 못했다. 골목길로
만 돌아 집으로 가면서도 뭔가 찜찜한 기분을 애써 눌렀
다. 밤바람은 훈훈한데 구름에 덮인 시가지는 칙칙하게
보였다.

2. 너 나 우리들의 아침

도대체 학교엔 왜 가야 하는 거야.

엄마가 식탁 위에 아침을 차리는 소리를 들으면서도 김종우는 아직 자리에서 일어나지 않았다. 아파트 밖에서는 출근하는 사람들의 자동차 소리가 계속 들리고, 화장실에서 물 흐르는 소리는 누워 있는 방까지 새어들었다. 탁상시계는 일곱 시 반.

아, 늘어지고 싶다.

그냥 이대로 대낮까지 늘어지게 자고 싶었다. 밤 11시가 넘어 돌아와서 대충 씻고 다시 휴대폰으로 친구들과 문자를 날리다가 밤 1시가 넘어서야 겨우 잠에 들었던 종우는, 아침이 되자 어젯밤 그 일이 너무나 뚜렷하게 그려졌다. 희미하게 치밀어 오르는 불안감. 그리고 또 있었다. 윤주와 잠시 다투던 일. 두 장면이 이리저리 엇갈렸다.

망할 계집애 같으니. 그까짓 돈 몇 천 원에 그렇게도 쌩하기는.

밤 아홉 시에 음악실에서 뮤지컬 연습을 마치고 나오다 앞에 친구들과 같이 가는 김윤주에게 손을 내밀었던 건데, 윤주는 '홍'하며 본 척도 하지 않고 친구들과 재잘거리며 내려갔다. 저녁 먹은 지 세 시간이나 지났고, 그동안 연습을 하느라 속이 허전했던 종우는 빈속을 채우려고 윤주에게 손을 내민 참에 모른 척하니 화가 날 수밖에.

"윤주야, 잠깐 나 좀 봐!"

여자애들 셋이 일제히 뒤를 돌아보다가 둘은 모른 척 다시 걸어갔다.

"왜?"

윤주는 고개를 약간 위로 치켜세우며 '무슨 볼일이냐'

는 듯 종우를 보았다. 그런 모습에 더욱 속이 꼬인 종우가 윤주 손목을 꽉 잡고 가로수 밑으로 끌었다. 거긴 가로등 불빛이 비치지 않았다.

"갑자기 왜 이래? 다른 애들이 보잖아? 창피하게……."

"너, 갑자기 왜 그래?"

"뭐가? 내가 뭘 어쨌다고?"

갈수록 뾰족하게 나왔다.

"너 말에 왜 이렇게 바늘이 붙었어? 좀 부드럽게 말해라. 내가 뭘 잘못한 게 있어? 갑자기 말투가 왜 그래?"

"뭐가 왜 그래? 빨리 집으로 가야지 이런 데서 무슨 말 하는 거야? 엄마가 기다린단 말야."

"좋아, 그냥 오천 원만 주고 가. 배도 고프니 뭘 좀 먹어야겠어."

"무슨 돈 타령은. 나 저녁 때 친구들과 다 썼어. 저녁을 학교에서 안 먹었거든. 밖에서 떡볶이를 먹었어."

종우도 알고 있었다. 저녁 때 윤주와 그 친구들 몇이 학교 식당으로 가지 않고 음악실에서 시내로 빠져나가는 뒷모습을 보았으니까. 그러나 계집애들이 비상금이 없다는 말은 새빨간 거짓말이다.

"너, 정말……."

"정말이라니까. 나 빨리 가야 돼."

하곤 바로 팽 돌더니 도로 건너편에서 기다리고 있는 친구들 쪽으로 막 뛰어갔다. '이런 망할' 하는 욕이 나오려는데 뒤에서 누가 어깨를 쳤다. 차병호와 이근식이였다. 그 뒤에 김상욱과 최태형이 경중경중 걸어오고 있었다.

"야, 그냥 가자. 저 애들도 오늘 꽤나 고생하더라. 안무 선생한테 욕사발이나 먹어가면서."

"그런데 저 계집애가 오늘 왜 저래? 꽈배기처럼 비틀려가지고."

"다 네 탓인 줄만 알아라. 난 알지. 윤주가 왜 저렇게 비틀렸는지."

"무슨 소리야?"

거칠게 소리치는 종우를 씩 웃으며 보던 근식이가

"짜식, 너 아직 딱지가 덜 떨어졌구나. 오늘 연습할 때 무대에서 여자애들 손 잡아주면서 낄낄댔겠다?"

"그럼 연습할 때 손도 안 잡고 하냐?"

"흥, 너 차례도 아닌데 나가긴 왜 나가? 여자애들 손목 잡고 싶어서 나간 거야? 그때 그 광경을 윤주가 뱀처럼 고개를 비틀고 노려본 것, 내 다 알지. 흥!"

근식이는 코웃음 치면서 걸어갔다. 병호는 덤덤하게 종우 옆에서 어깨를 짚으면서 말했다.

"쓸데없이 신경 쓰지 말고 상욱이 집에 가서 좀 쉬자고."

"몇 푼 좀 달랬더니 저렇게 삐져. 거참."

투덜대며 상욱이 자취방에서 놀고 밤 열 시가 넘어서 시내로 나오다가 그 일이 벌어졌었다.

"종우야, 빨리 아침 먹고 학교 가야지. 일어나!"

엄마가 문을 벌컥 열며 들어오자 종우는 머리를 이불 속으로 자라목처럼 쏙 들이밀며 늘어져 버렸다.

"야 녀석아, 늦겠다. 아빠한테 또 한소리 들으려고 이 모양이야? 빨리 일어나. 지각할라. 여덟 시가 다 됐어."

"아이고 귀찮아."

"이 애가 왜 이 모양이야. 무지칼인지 부엌칼인지 한다며 만날 자정이 돼야 들어오더니 아예 맥을 못 추네."

"귀찮아? 일어나서 학교 가기가 귀찮다아 이 말이야?"

아빠가 언제 일어났는지 문 밖에서 소리쳤다. 아빠는 을방이라 오후 3시에 출근해서 4시부터 일하면 밤 12시에 끝난다. 그러니 평소 10시까지는 안방에 누워 있는 것이 보통이었다. 탄광 갑방은 아침 7시에 나가서 8시부터 일한다. 얼마 전까지도 아침 일찍 출근했었다. 때문에 아빠가 출근한 후에도 느긋이 이불 속에서 뒹굴 수 있었다. 종우는 녹은 아교에 눌어붙은 암탉처럼 겨우 몸을 움직여 일어났다. 문 밖에 버티고 있는 아빠를 보지도 않고 바로 화장실로 들어갔다. 수도꼭지를 크게 틀어놓고 머리를 들이밀었다. 차가운 기운이 온몸으로 번지는 틈 사이로 아빠의 거친 음성이 기어들어왔다.

"저놈이 어제도 분명 차진규 아들놈과 같이 어울렸을 거야. 몇 번이나 말했는데도 저것이 정신 못 차리네."

차진규 아들놈이란, 차병호를 가리킨다. 언젠가 종우가 병호와 한밤에 길거리 구석에서 담배를 피우다가 아빠한테 걸렸다. 한잔 얼큰하게 오른 아빠가 동료들과 같이 지나가다 용케도 우리를 발견하고는 다가와서,

"종우 요놈, 지금 뭐하는 짓거리야? 어라, 이건 차진규 아들놈 아냐? 학생놈들이 길거리에서 담배를 펴? 이

런 되먹지 못한 놈들……."

말을 마치자마자 종우와 병호의 따귀 서너 대를 갈겼
는데, 일이 꼬이느라고 마침 동료들과 같이 지나가던 병
호 아빠가 이 광경을 목격하고는 대판 싸움이 붙었던
것이다. 그 후 아빠는 차씨 집안이라면 얼굴을 돌렸다.
물론 병호 아버지도 마찬가지였다. 엄마의 소곤거리는
듯한 목소리가 들렸다.

"가만 놔둬요. 지들이 얼라도 아니고, 다 알아서 하겠
지. 뭘 그리 잔소릴 해대요. 공연히 반발만 심해지더만."

"삼학년 된 지가 언젠데 아직도 자식이 저러고 있으
니, 에이, 요즘 새끼들은 부모에게 걸핏하면 반발이나
하고. 하여간 아들놈이 딸년 반만 닮아야…… 에이."

아빠 목소리는 거침이 없었다. '딸년 반만 닮아라.' 여
동생이 같은 학교 1학년인데 반에서 1등을 놓치는 일이
없었다. 성적표가 나올 때마다 집에서는 한바탕 법석을
떨었다. '동생은 이런데 너는 도대체 뭐하는 놈이냐. 차
라리 꼴찌라도 하면 기대를 접겠다. 이십 등이 뭐냐. 에
이, 사내자식 하나 있는 것이라고는.'

종우는 후닥닥 세수를 하고 수건을 온 얼굴에 씌우고

는 바로 방으로 들어갔다. 빨리 집을 벗어나는 게 상책이다. 미처 머리칼이 마르지도 않은 채로 옷을 갈아입고 식탁에서 밥 두어 숟가락에 국으로 대충 먹었다. 나올 때 엄마 곁에 서서 옆구리를 쿡 찌르자 엄마는 눈을 흘기며 파란 지폐 한 장을 줬다. 날름 넣고는 뛰듯이 나왔다. 날은 너무 맑았다.

윤주는 항상 아침을 먹지 않았다. 세수하고 나서 우유 한 잔으로 때웠다. 그리고는 탁상용 거울을 앞에 두고 얼굴을 매만지기 시작했다. 일곱 시 사십 분. 바쁘다.

스킨을 듬뿍 발랐다. 피부가 시원해지는 느낌. 로션도 듬뿍. 온 얼굴에 골고루 발랐다. 화장할 때 로션 바르는 부드러운 순간이 제일 기분 좋다. 그리고 미스트로 몇 번 뿌려주자 얼굴에 윤기가 확 살아났다. 얼굴에 전해지는 촉촉한 느낌. 그리고 거울에서 적당히 떨어져서 얼굴을 요모조모 살폈다.

전체적으로 달걀형으로 생겼다. 거울을 볼 때마다 흡족하게 다가오는 부분이 광대뼈다. 튀어나온 부분이 거의 없이 매우 부드럽게 흐른다. 엄마는 약간 튀어나왔는데 아빠가 광대뼈가 없다. 아빠 닮았다. 유난히 흰 피부도 아빠! 단지 콧등에서 흘러내리는 선이 살짝 죽었다. 조금만 높았더라도……. 그리고 콧방울이 조금 옆으로 벌어진 것이 흠이다. 내년 겨울방학쯤에 성형해야지. 윤주는 톤 베이스를 살짝 눌러서 적당량을 얼굴에 골고루 발랐다. 피부가 더욱 밝아진 듯. 그리고 파운데이션을 스펀지에 묻혀 얼굴 전체를 부드럽게 두들기며 피부에 스며드는 느낌을 즐겼다. 컨실러도 손에 들었지만 잡티 없는 얼굴에 더 바를 필요는 없었다. 이제 기초는 끝냈다.

속눈썹이 뚜렷하게 검어서 마스카라를 눈썹 위로 살짝 세우기만 했다. 의자에 비스듬히 몸을 비틀고 앉아 거울을 요리조리 보아도 흡족하다. 새도우로 눈 부근에 명암을 살짝 줬다. 원래 진하고, 무지개처럼 가느다랗고 둥근 눈썹이니 이 정도면 됐다. 시계를 흘깃 봤다. 여덟 시. 조금 급하다. 마지막으로 립스틱을 잡았다. 입술 안쪽으로 조금 진하게 발라주고 바깥쪽은 옅은 립글로스를 발라서 음영을 줬다. 일어나서 전체적으로 바라보았다. 흡족하다. 홍, 준비 끝!

마침 휴대폰에서 구르는 경쾌한 멜로디. 3학년 희수

언니다. 성급하기는.

"하이, 좋은 아침! 지금 나올 거야?"

"언니, 거의 다 끝났어. 삼 분 내로 나가. 어디서 만날까?"

"아이고, 대충 해 얘. 더 예뻐질라, 질투나게스리. 아파트 층계 밑에 기다려. 나도 바로 내려갈게."

"오케이!"

희수 언니는 같은 아파트에 살고 있어서 거의 매일 약속하고 같이 등교하는 편이다. 윤주는 교복을 입고 가방을 둘러맸다. 이번에는 큰 거울 앞에서 살폈다. 입학할 때 엄마는 3년 내내 입으라고 한 치수 큰 교복을 싸움싸움하면서 입혔다. 그러나 입학 전날 윤주는 재빠르게 교복 가게에서 몸에 짝 들어맞게 고치고 치맛단도 무릎 위 15센티 정도 올렸다. 참 엄만 뭘 몰라도 한참 몰라. 그런 헐렁한 옷을 촌티 나게 입고 다니라니, 그런 옷을 어떻게 입고 다녀. 지금은 교복에 싸인 몸매가 알맞게 드러났다. 키 164센티. 조금 미흡하지만 이 정도면 대충 흡족!

아빠는 출근 직전이다.

"아빠, 오늘 간식비!"

아빠는 눈을 똥그랗게 뜬다. 이건 기분 좋다는 긍정적 신호다. 역시 주머니에 손이 들어간다. 그러나

"조 계집애는 만날 나갈 때마다 돈 돈. 도대체 어디다 쓸 돈인지 알기나 하고 줘요? 쪼끄만 계집애들이 쓸데 없이 버릇만 나빠진다고."

큰 슈퍼를 운영하는 엄마 지갑에는 돈 떨어질 일은 없었지만 윤주는 항상 아빠에게 용돈을 타 썼다. 손만 내밀면 엄마의 잔소리가 실 꾸러미처럼 풀어져 나온다 는 것.

아빠는 씩 웃었다. 벌써 아빠 주머니에서 윤주 주머니 로 옮겨진 파란 지폐는 아마 두 장! 석공 간부의 주머니 는 마를 날이 없다. 주머니를 확인하자마자 재빨리 현관 문을 열고 밖으로 나갔다. 뒤에서 엄마의 쫑알대는 소리 가 들리는 듯했다.

나서자마자 희수 언니가 현관 바로 옆에서 기다리고 있었다. 놀란 표정을 짓자,

"기다리기 귀찮아서. 네 엄마 쫑알대는 소리 내 다 들 었지. 계집애가 버릇 나빠진다고. 알았어?"

희수 언니가 엄마 말투를 흉내 냈다. 윤주는 웃으며,

"엄만 항상 그래. 빨리 가야지. 지각하겠어."

"오늘은 내가 쏠 차례야. 저녁 메뉴는 그때 가서 정하자."

어제는 윤주가 샀다. 오늘따라 희수의 입술이 너무 붉다. 립스틱이 너무 진했다. 이 언니는 매일 메이크업이 변했다. 그러고 보니 머리 색깔도 살짝 흑갈색을 띄었다.

"윤주야, 어제 종우와 왜 그랬어? 지난밤에 애들과 문자로 수다 떨다가 그 얘기 들어서 알았어. 둘 사이에 그런 분위기는 첨 봤대."

"애들이 그런 문자도 보내? 참 못 말릴 애들이네. 근데 그건 한번 그래 본 거야. 종우 오빠한테 불만은 없어. 그런데 너무 행동이 싸. 믿어야 될지 정말 모를 때가 많아."

사실 윤주는 종우의 외모와 성격이 마음에 들었다. 큰 키에 잘 생긴 얼굴, 그리고 활발한 행동. 그러나 어딘지 모르게 미덥지는 않았다.

"흥, 남자애들은 다 눈이 세 개 손이 네 개 달렸다구."

"언니, 무슨 뜻이야, 그게?"

"그냥 그래, 걔들은 원래부터 그렇게 태어났나 봐. 다른 데로 눈 돌리는 데는 세 개도 모자랄 걸, 손 네 개도 모자라. 이 손으로 여길 돌리고 다른 손으로 저길 잡고. 한 곳에 머무는 애들 본 적이 없어. 흥흥."

"아이 참 언니도. 경험담이야?"

"얘, 꼭 경험해야 아니? 우리 학교를 봐라. 그게……."

말하다가 입을 다물었다. 윤주와 종우의 관계를 알고 있기 때문이었다. 자기 실수를 다른 화제로 돌렸다.

"요즘 밤까지 연습한다는데 피곤하지 않아? 공연은 언젠데?"

"이번에 먼저 이곳 학부모들에게 한 번 선보이고, 수능 끝나면 삼척 시내에 가서 공연하나 봐. 지금까지는 4막으로 연습을 해서 좀 편했는데, 앞으로는 전체 8막을 다 연습하니 좀 힘들 거야."

"힘들겠네. 나도 첨에는 뮤지컬에 들어갈까 했는데, 밤에도 연습한다고 해서 관뒀어. 알바 시간이 모자라."

"어휴, 언니야말로 피곤하겠어."

"얘, 난 2학년 때부터 했잖아. 이젠 저녁 후 밤 열한 시까지 일하는 게 아무렇지도 않아."

"돈도 많이 받지? 그 돈 다 어디다 써?"

"무슨 돈은. 조금밖에 못 받아. 휴대폰이나 화장품도 사고 옷도 사고. 얘, 저기 길 건너 골목에 종우와 병호가 있네. 쟤네들은 학교도 안 가나 봐."

"아이 언니, 그냥 모른 척해. 우리도 너무 늦었잖아."

윤주는 갑자기 희수보다 앞서서 걸어 나갔다. 옆구리 가 근질거렸다. 종우의 시선이 자신을 쏘아보는 것 같 았다.

3. 아버지와 아들

"늦어도 아침은 먹고 가야지, 녀석아."

늦잠을 잔 탓인지 밥맛이 없는 병호가 세수를 하자마자 교복만 대충 걸치고 그냥 밖으로 나가자, 뒤통수에 대고 아버지가 내뱉듯이 말했다. 병호는 듣는 둥 마는 둥 대문 밖으로 튕기듯이 빠져나와서 옆 골목으로 돌아 사람이 없는 구석으로 들어갔다. 우선 담배 한 대를 피우면서 오늘 하루를 어떻게 보낼지를 생각해야 했다. 아침밥 먹을 생각은 없었다. 어제 밤늦도록 상욱이 자취방에서 놀다가 길에서 그런 일을 벌이고 속이 편할 리가 없었다. 이럴 때는 후련한 라면 한 그릇이 제격이었다. 그렇다고 아침에 새엄마에게 라면을 부탁하기에는 입이 떨어지지 않았다. 골목 틈으로 보이는 한길에는 등교하는 애들이 줄을 이었다. 그냥 바로 학교나 갈까 생각도 했으나 이내 접었다. 속에 무얼 넣어야 했다.

학교를 가자니 답답했다. 가봐야 귀찮은 수업이 기다리고 있을 터였다. 50분씩 이어지는 답답한 수업. 들어도 알 수 없는, 도무지 왜 배워야 하는지 이해할 수 없는 복잡한 수식과 외국어에 진절머리가 난 지 오래였다. 괴로운 오전 수업을 마치면 그때부터 병호의 진짜 학교생활이 시작된다. 시간 개념이 사라진 해방의 공간이다. 점심은 무료로 학교 식당에서 먹는다. 본격적인 공연연습이 시작되면서 뮤지컬 단원들에게 점심은 무료였다.

나를 건들 인간은 적어도 학교 내에서는 없다. 나를 건들다니. 청심회 회장인 내 밑으로 학년별 6명씩 모두 18명의 녀석들이 지키고 있다. 선생들도 그걸 잘 알고 있고, 수업 중에 화장실을 핑계로 슬며시 나와도 터치할 선생이 없다는 점. 그러나 역시 부담스러운 게 선생들이었다. 특히 성깔 있는 선생은 그냥 막 대할 수 없는 묘한 힘을 느끼곤 했다.

정현이가 오늘은 '쩐'을 가져 올까. 같은 학년인 정현이는 여친이었다. 시내에서 블랙야크와 코오롱 대리점을 동시에 운영하는, 돈 좀 만지는 집이라 평소 주머니에는 시퍼런 지폐가 몇 장씩은 들어 있었는데, 어제는 어쩐 일인지 한 푼도 없었다. 눈짓으로 내민 손에 몸짓으로 자그마한 어깨를 슬쩍 흔들었다. 그리고는 살짝 웃으면서 '미안' 하고는 돌아섰다. 담뱃값도 요즘에는 떨어지기 일쑤였다. 달랑대는 계집애 같으니. 비상금 하나도 없어.

학교는 코앞.

병호는 휴대폰을 꺼내 시간을 봤다. 8시 30분. 교실에서는 등교한 애들이 법석을 떨 시간이다. 상욱이에게 문자를 띄웠다. '좋은 아침 ㅆㅂ 식후초 맛없다 ㅜㅜ.' 즉시 연락이 왔다. '골목에서 기다려^^'

다시 한 대를 빨고 있을 때 종우가 가방도 없이 고개를 숙이고는 골목으로 들어오는 것이 보였다.

"야, 종우!"

종우는 쳐다보지도 않고 병호에게 왔다. 그리고는 다

짜고짜 손을 내밀었다. 병호가 담배 한 가치를 건넸다. 몇 모금 맛있게 빨던 종우가 병호를 빤히 보고는 말했다.

"어제 그 일, 어떻게 됐을까? 생각해 보면 괜히 그랬다는 느낌만 자꾸 들고……."

"이미 벌어진 일이야. 어제 문자 봤지? 우리하고는 상관없는 일이라고 내가 분명히 말했잖아. 모른 척해."

"하긴, 그 수밖에 더 있겠어?"

"야, 그건 그렇고, 오늘부터는 점심 먹고 8막 전체를 연습해야지. 곧 도계 사람들과 학생들에게 먼저 선보이고, 수능 끝난 후에 삼척 시내에서 진짜 공연을 한다니, 어지간히 바빠지겠어."

"그래? 누가 그러던? 곰이 그랬어? 어제 오후까진 곰이 그런 말 안 했잖아?"

곰이란 뮤지컬 담당 오형식 선생의 별명이었다. 무슨 일이 있어도 말은 별로 없고 직접 행동으로 표현하는 그를 학생들은 곰이라고 불렀다. 덩치도 곰처럼 듬직해서 학생들이 두려워하는 타입이었다.

"하교할 때 몇 애들에게 말했다고 들었는데……. 어제 우리가 모였을 때 내가 그 얘기 안 했어? 오늘부터 정말 본격적인 연습에 들어갈 것 같아. 안무와 작곡 선생도 오늘 온다고 하더라."

"어, 저기 윤주가 가네! 옆엔 희수 맞지? 쟤네들 요즘 매일 찰싹 붙어서 다녀."

무심코 터져 나온 종우의 말이었다.

"이 새끼는 아침부터 윤주 타령이야 후훗. 요즘 잘 돼 간다며? 어젠 서로 쌩하고 돌아서더니. 인마, 돈호 생각 도 좀 해라. 형님이 동생 걸 빼앗아버리면 그 체면이 말 이 되냐?"

윤주와, 역시 같은 2학년인 신돈호가 서로 사귄다는 소문은 이미 뮤지컬 부원들에게 파다하게 퍼져 있었다. 거기에 종우가 중간에 끼어들어서 계속 윤주에게 집적 거리고 있었다. 때문에 돈호는 속만 태우고 있다는 소문 이 돌았다. 감히 덤벼들 수 없는 청심회 선배인 종우의 위세에 눌려 속으로만 앓고 있다는 것이다. 사실 종우는 2학년인 김미영이와 오래 사귄 사이면서도 다시 윤주에 게 접근하고 있었다.

병호는 손끝까지 타버린 담배를 마지막으로 힘껏 빨 아 당기고는 발로 비벼버렸다. 종우는 윤주와 희수를 다시 힐끗 쳐다보고는 고개를 돌렸다. 상욱이가 빨리 나오지 않자 둘은 골목길을 돌아서 상욱이 자취방으로 갔다.

좁은 방에는 아직도 이불이 그대로 펼쳐졌고, 양말이나 속옷가지는 책상 밑 구석에 그냥 구겨져 있었다. 책상 위에는 뚜껑 열린 냄비에 아침에 먹은 듯한 라면 국물이 고여 있었다. 그 옆에 어제 마시다 만 소주병 하나가 아직 임자를 못 만난 듯 놓여 있는 것을 보자 종우가 반색을 하듯 말했다.

"어쭈, 제법 손님 대접이 융숭한데그래. 안주는 없냐?"

"없어. 김치 쪽은 있는데, 가만 있어 봐. 내 라면 끓일 테니. 두 개면 되겠지?"

"이러다가 오전은 그냥 제치고 오후에나 슬슬 나갈까? 난 아침은 먹다가 말았는데. 그런데 오후엔 틀림없이 연습하는 거지?"

"점심 후 체육관에 집합이란다."

"야, 상욱아. 라면 빨리 끓여 대령해라이. 여기 대장이 배고파 죽겠단 표정이시다. 라면 안주에 소주라도 해치워야지?"

병호가 종우의 급한 행동에 제동을 걸었다.

"야, 아침부터 술 마시지 마. 곰한테 걸리면 묵사발 난다. 그냥 라면이나 먹고 학교 가야지."

곰 선생. 사십대 초반의 과학 선생이었다. 행동이 느리고 목이 안 보일 정도로 머리가 어깨 속으로 들어붙었는데 몸무게가 85킬로를 넘을 정도의 거구로, 걸어가는 모습이 곰을 연상시켜서 붙여진 별명이었다. 학생들은 이상하게도 곰 선생 앞에만 가면 꼼짝을 하지 못했다. 그렇다고 학생들에게 주먹이나 회초리를 휘두르는 것을 본 적도 없었으면서도, 그의 낮고 느릿한 목소리에서 학생들은 항상 주눅이 들곤 했다. 때로는 그 큰 덩치에서 욕설이 뿜어져 나올 때는 잘 나간다는 병호나 근식이도 숨을 죽일 정도였다. 바로 그 곰이 뮤지컬 대장이었다.

냄비에 물을 끓이던 상욱이 슬며시 고개를 돌리며 말했다.

"야, 어제 그 일은 우리와 상관없는 거야. 정말 입 꾹 다물어."

"몇 번 강조해야 되겠어? 여기서 뚝!"

탁상시계가 8시 40분으로 돌아가는 틈새로 5월의 푸근한 기운이 조금씩 방안으로 밀려오고 있었다.

아들이 아침도 먹지 않고 나가버리자 진규는 중학교 3학년인 딸애와 아내, 이렇게 셋이서 아침을 먹었다. 딸애는 숟가락 드는 둥 마는 둥 하더니 이내 일어나서 제 방으로 들어가 버렸다.

"너, 학교 늦겠다. 빨리 가봐라."

진규가 애 방에 대고 소리쳐도 안에서는 아무 대답이 없었다. 잠시 후 딸애가 책가방을 메고는 진규 앞에 섰다.

"어제 말한 돈!"

바지 하나 산다고 어제 밤에 말한 것을 기억하는 진규는 사만 원을 꺼내 딸애 손에 쥐어 주자 역시 아무 소리 없이 밖으로 나갔다. 진규는 밥을 먹으면서 딸애의 뒷모습을 물끄러미 바라보았다.

차진규. 48세. 민영탄광 사원. 경북 울진 출생. 중학교를 마치고 아버지를 따라 뱃일에 몸을 던졌으나, 결혼 후 분가 문제로 아버지와 대판 싸우고는 뱃일을 접고 삼척으로 옮겨서 이런저런 일에 몸담았다. 아내가 집을 떠난 후 광부 모집 광고를 보고 바로 뛰어들어 석탄 밥을 먹기 시작한 지 15년차. 몇 년 전까지만 해도 '내 술의 끝이 어디냐?'고 호기를 부리면서 교대근무가 끝나자마자 삼겹살에 소주 서너 병을 겁 없이 목구멍으로 틀어넣던 몸이었다. 그러나 이젠 아니었다. 정기 신체검사에 혈압과 당뇨가 걸리더니 술 먹은 다음 더부룩해지는 뱃속이 궁금해서 내시경 검사를 한 후, 매년 서너 달은 위장약으로 버티고 있었다. 지난 십 몇 년 동안 몸을 혹사시킨 결과였다.

그러나 나이를 먹어감에 따라 나타나는 신체적 증상은 의사의 손끝에서 구겨져 나오는 임시처방전으로나마 버틸 수는 있었지만, 집안의 온기가 사라지는 적막감만은 진규도 어쩔 수 없었다. 지금 딸애의 무뚝뚝한 냉기 역시 진규의 가슴속에서 삭힐 수밖에 없었다. 병호는 아침도 안 먹고 나가버렸다. 젊은 아내도 역시 냉기가 흐르기는 마찬가지였다. 하긴, 아이들이 자신을 무시하는데 어느 엄마가 입맛 다실 반찬에 부드러운 미소를 섞어 성의 있게 만들어낼까.

아내에게 아이들은 아예 눈길 하나 던지지 않고 철저하게 무시하는 표정으로 대했다. 할 수 없어 내뱉는 말이외에는 입을 다물고 행동으로만 표현했다. 집에 들어오면 각자 자기 방에 틀어박혀 굼지럭거리는 것 외에 집안일은 상관하지 않았다. 자연히 아내의 불만이 높아질 수밖에 없었다.

아내의 일가친척은 모두 도계 인근 지역에서 거주하고 있었다. 탄광사고로 첫 남편과 사별 후 다시 다른 남자와 결혼생활을 하게 될 때, 친척에게서 날아오는 눈총은 힘에 겨웠을 것이다. 진규 역시 그런 사정을 잘 알고 있었다. 그렇게도 좋아하던 술도 삼가고 집안의 자잘한 일에도 아내와 같이 덤벼들었다. 그러나 중요한 것은 아이들의 마음과 합치되지 않는다는 점이었다. 그들은 진규의 자식이면서 동시에 이 집의 하숙생들이었다.

울진에서 첫 아이 병호를 낳고, 삼척에서 막노동을 할 때 둘째 딸애를 낳았다. 식당일이라도 원하던 아내는 갓난애의 뒷바라지에 꼼짝도 할 수 없는 처지였고, 진규는 가사 일에는 철저한 무관심으로 돌았다. 하루 일이 끝나면 소줏집에 가서 밤 12시가 다 되어서야 집으로 돌아왔다. 그렇다고 수입이 많은 것도 아니었다. 한 달이면 십여 일을 공치고, 더구나 작업 단가가 하루가 다르게 떨어졌다. 집안에서 목소리가 차츰 높아졌다. 급기야 밤늦게까지 이어진 다툼 끝에 손찌검으로 이어지는 것이 매일 밤 벌어졌다. 딱히 어떤 이유가 있어서 벌어진 다툼이라면 봉합하려는 마음으로 다가갈 수도 있었겠지만, 특별한 이유도 없었다. 경제적 궁핍과 삼십대 중반의 삶의 권태. 이유는 그것뿐이었을 것이다.

마지막 다툼의 끝은, 퉁퉁 부은 얼굴로 병원에서 이틀을 누웠던 아내가 아이들도 버리고 그냥 울진으로 돌아간 것으로 마무리되었다. 어린 아이들 때문에 처가를 찾았지만 역시 처가에서도 딸자식의 행방을 모른다는 차가운 말만 듣고 발걸음을 돌렸다. 아이들을 본가에 맡기고 몇 달 떠돌다가 정착한 곳이 도계였다.

안정된 직업을 탄광에서 찾을 수 있었던 것은 행운이었다. 최종 학력이 중졸인 진규의 입장에서 그것은 행운으로 돌릴 수 있는 충분한 이유가 되었다. 다달이 생활하고도 남을 만큼의 월급에 아이들 학비까지도 회사에서 대주었다. 앞으로 대학을 가면 등록금도 회사에서 책임질 것이다. 지금은 비록 회사 사택에서 살고 있지만, 몇 년만 더 일하면 아파트 하나는 내 명의로 바꿀 수도 있었다. 지금의 아내와 만난 것도 역시 행운에 속하는 일이었다. 어느 여자가 두 아이를 데리고 있는 허름한

홀아비에게 몸을 맡기겠는가. 일터에서 돌아와 편히 쉬고 있을 때면, 불현듯 떠오르는 이런 모든 행운의 결과가 도리어 회색빛 구름 속에 묻혀 있는 듯한 불안감 속으로 슬슬 잠기는 모습을 상상하곤 몸서리쳤다. 연속된 행운도 때로는 불안한 법이다.

처음 탄광에 들어갈 때만 해도 광부라는 직업은 인생 막장으로 인식되었다. 때문에 고향에 내려갈 때면 자신의 직업을 숨길 수밖에 없었지만, 지금은 그럴 필요가 없었다. 적어도 고향땅에서 같이 다녔던 동창생들 중에서는 그럭저럭 술값을 낼 수 있는 자신의 처지가 다행스러웠고, 또 굳이 숨길 이유도 없는 자랑스러운 사끼야마. 지금은 선산부로 불리지만 아직도 술집에서 동료들끼리 어울릴 때면 차진규를 '사끼야마 차'로 불러준다. 갱내의 최고 숙련공 선산부! 후산부들을 지휘하면서 채탄의 최선두에서 일하는 자랑스러운 사끼야마 차!

이런 생활이 앞으로 건강만 유지된다면 10년 이상은 순조롭게 지속될 것이다. 그러나 문제는 역시 아내와 아이들 사이의 부조화였다. 병호는 매일 늦게 돌아와서는 그냥 자기 방에 쑥 들어가 버리면 그만이었다. 하긴 진규의 생각도 한계가 있을 수밖에 없었다. 중학교가 최종 학력인 상태에서 고등학교에 대한 느낌은 그저 막막했다. 손 내미는 대로 쥐어주고 먹여주면, 그것으로 애비의 역할은 끝난 것으로만 여겼다. 언젠가 너무 늦게 오는 병호를 붙들고 물어본 적이 있었다. 대답은 간단했다. '뮤지컬 연습이 좀 힘들어서요.' 아버지에게 이해하라는 의미는 물론 아니었다. 아들은 아버지의 사고방식을 잘 알고 있었으므로. 그 대답은, '나를 건들지 마라.'는 의미로 진규에게 다가왔다. 뮤지컬이 뭔지 이해할 수도 없었다.

진규는 그런 아이들을 다그치지는 않았다. 다 크면 언젠가는 애비를 이해할 수 있을 것이라는 단순한 마음으로 대해 왔을 뿐이었다. 그러나 자식들이 아무리 새엄마라고 해도 그렇게까지 냉정하게 대하는 데에는 어떤 대책이 필요함을 느끼고 있었다. 그렇다고 해서 엄마에게 좀 부드럽게 대하라고 노골적으로 말할 수는 더욱 없었다. 이미 딸애나 병호의 굳은 표정을 진규가 고치기에는 그것은 너무 딱딱하게 굳어 있었다.

자식들의 성적에는 그리 관심이 없었다. 아이들이 하

는 대로, 능력대로 갈 수 있는 곳으로 가면 된다는 생각이었다. 회사에서 학비를 다 대주기 때문에 학비 걱정도 없는 마당에 굳이 아이들 성적에 신경 쓸 것은 없었다. 처음에는 병호에게 기대가 없었던 것은 아니었다. 그러나 중학교 2학년 때부터 무슨 나팔인가 분다는 일에 빠지더니, 아예 공부는 뒷전이었다. 그저 친구들과 놀러 다니는 데만 정신이 팔려 공부와는 담을 쌓고 살았던 애. 그러더니 고등학교에 가서는 다시 무슨 연극인지 뭔지 한다고 만날 밤늦게 집으로 돌아오는 아들에게 공부 소리는 아예 접어 버렸다. 무슨 사고를 쳐서 선생이 부모더러 학교에 오라 가라 하는 일만 없으면 했지만, 일 년에 한 번은 꼭 학교에서 소식이 왔다.

무슨 친구들이 그리도 많은지 밤 열두 시가 넘어서도 병호 방에서는 전화로 이야기하는 소리가 들려올 때도 있었다. '쓸데없는 놈들과 만날 어울려서……' 특히 밤늦게 길거리에서 담배 피는 병호를 혼내주던 종우 애비와 대판 싸운 후 병호가 그 집 애와 어울리지 말았으면 하는 마음이었지만, 아들의 행동에 들어갈 틈이 없는 현실을 인정할 수밖에 없었다.

애들 생각을 접으면 문제는 아내였다. 다행히 아내에게 딸린 아이가 없었다. 그러나 그것이 아내를 더욱 외곬로 빠지게 하는 요소였다. 자기가 낳은 자식이 있다면 그 아이에게 마음을 쏟으며 위로를 받을 수도 있겠지만, 홑몸이었다. 그래도 가버린 여자가 낳은 자식이 지금 아내를 친모처럼 잘 따른다면 더 바랄 것이 없겠지만, 아예 애비와 새엄마를 무시하는 데는 다른 방법이 없었다. 아내가 집으로 들어온 지 3년째. 아들과 딸은 도무지 마음을 열지 않았다. 진규는 수시로 아내와 같이 외출도 하고 오십 리 떨어진 바닷가에 가서 싱싱한 회도 같이 먹으면서 아내를 위로해 주는 일에 정성을 다했다. 아내도 진규의 이런 마음을 잘 알고 있을 것이지만, 이 모든 행동도 아내의 골 깊은 상처를 다 채워주지는 못했다.

진규는 휴우— 한숨을 쉬었다. 늦봄의 푸근함이 사택 곳곳에서 날숨을 뿜고 있는 아침, 며칠 전부터 출근이 을방으로 바뀌었다. 오후 늦은 무렵에 출근이었다.

4. 두목

첫 수업부터 졸음이 쏟아졌다. 어제 그 일 탓인가.

영어 수업은 정말 지옥이다. 선생은 부지런히 떠들고 있지만 그것을 듣는 나에게는 그냥 웅웅거리는 소리로만 들렸다. 어차피 내신으로 진학할 바에야 애쓰고 공부할 이유도 없다. 더구나 영어는 중학교 때부터 손 놓고 지내던 과목이 아닌가. 우리 학급 스물아홉 명 중 몇 명이나 저 웅얼거리는 소리를 알아들을 수 있을까. 겨우 대여섯 명에 불과할 거다. 앞줄에 앉아 있는 애들도 대부분 그냥 건성으로 듣고 있을 뿐이다. 모의고사를 치면

영어 3등급을 맞는 애가 한 둘 나올까. 나머지는 대충 5등급 아래로 처진다.

우리 반에서 수능을 거치고 정시에 대학 진학할 수 있는 애들은 서너 명에 그친다는 건 우리 모두 알고 있다. 아, 2반의 그 계집애는 빼고. 서예빈. 찔러 피도 안 나올 것처럼 지내는 애다. 전교 1등을 놓치지 않는 괴물. 흥, 서울대 간다고 까분다더라. 그리고 뚝 떨어져서 그 밑의 대부분은 수시 전형으로 진학할 뿐이다. 그런데도 저 선생은 우리들에게 들으라고 떠드는 건지, 아니면 자신이 영어 선생이니까 할 수 없이 떠드는 건지 알 수가 없다. 사실, 선생이 떠드는 소리보다 우리가 속삭이는 소리가 더 크다.

앞에 앉은 희수가 휴대폰으로 문자를 날리고 있다. 손 놀림이 재빠르다. 저 계집애는 아마 50분 수업 중 45분을 휴대폰이나 거울 속에서 빠져 지내고 있을 것이다. 문자를 다 날렸는지 지금은 작은 거울을 들여다보고 있다. 얼굴을 만지다가 고개를 돌려 머릿결을 이리저리 돌린다. 평소 화장이 너무 진해서 얼굴도 그리 예쁘지 않은 애가 괜히 질척거리는 느낌만 줄 뿐이다. 입술도 빨

갖게 칠했다.

책상 위에 이것저것 잡동사니 책을 얼굴이 안 보일 정도로 쌓아놓고 휴대폰을 이리저리 돌리다가 문자를 날리고, 그것도 심심하면 거울을 들여다본다. 머리빗으로 꼬들꼬들 파마한 머릿결을 계속 빗고 쓰다듬고 하다가 다시 얼굴을 들여다본다. 몇 개 튀어나온 여드름을 매만지다가 장날에 샀음직한 싸구려 금목걸이를 손바닥에 올려놓고 이리저리 살펴본다. 그러다가 잊은 것처럼 다시 거울을 보면서, 얼굴을 부위별로 여러 조각으로 분해하고는 꿰맞추는 일을 계속한다. 그러다가 영 심심하면 책더미 앞에 얼굴을 묻고 옆으로 떼꾼한 눈알을 이리저리 돌리면서 시간을 보내는 것이다.

이상한 것은, 선생이 그 모든 것을 다 보고 있으면서도 뭐라고 말하지 않는 것이다. 하긴, 대부분 애들이 희수와 버금갈 정도로 어지럽게 앉아 있으니 굳이 지적할 필요도 없을 것이다. 그래도 선생은 끈질기게 떠들고 있다. 내가 선생 입장에서 생각해 봐도 별 뾰족한 방법이 있을 것 같지가 않다. 거의 전체라고 해도 과언이 아닐 정도로 내신으로 진학하는 판에 어느 누가 골치 아픈

꼬부랑말이나 수학의 복잡한 수식에 머리를 쓰고 있을
까. 선생들도 잘 알고 있을 것이다.

그러다가 중간고사 때면 그리 많지 않은 범위 내에서
적당한 시험문제를 내고, 그 전에 문제에 대한 대충 설
명을 들은 우리는 이틀만 열심히 하면 50점 선에서 만족
할 수 있다. 물론 그냥 내팽개친 애들은 30점 밑으로 떨
어지지만 누구 하나 그리 심각하게 생각하지 않는다. 어
차피 널리고 널린 게 대학이 아닌가. 가만히 있어도 서
로 우리 대학에 오라고 짜장면 사주면서 부르는 곳이
대학이었다. 대학 등록금도 걱정할 필요가 없었다. 우리
학교 학생들의 대다수가 탄광 근로자 자녀로 이루어져
있으므로. 등록금은 광산 사장님이 몽땅 대주실 게다.

혜민이 재도 만날 맨 앞에서만 앉아 제법 공부하는
것 같아도 수업 시간 대부분은 공상에 잠겨 있을 뿐. 인
물은 별론데 그저 앞에 앉아서 수업 시작 때만 조금 얼
굴을 들고 칠판을 보는 척하다가 중간도 채 가지 않아
벌써 생각은 저 멀리 가 있다. 그래도 모의고사는 좀 나
오더라. 기본실력은 어느 정도 있긴 있는 모양이다. 평
균 3등급 정도는 그럭저럭 찍으니까. 어떤 때는 2등급짜

리도 튄다고 한다. 그래봤자 지가 어딜 갈까. 잘하면 지
방 국립대 허술한 과나 갈까.

이번 시간 끝나면 그냥 나가버려야겠다. 어차피 뮤지
컬 부원들은 예외니까. 선생들도 터치하지 않는다. 아,
벌써 배가 고프다. 아침에 라면 먹었지. 어젠 술을 조금
마신 후 그 일이 벌어졌다. 사실 나는 처음부터 싸울 생
각은 없었다. 호젓이 친구들과 거리를 걸으면서 봄밤을
즐기고 싶었을 뿐. 그 녀석들이 우리 여학생들만 놀리지
않았어도 그런 일은 없었을 거다. 그 광경에 나도 그만
발끈한 것. 그만 잊자. 잊어버려야지. 용돈을 허투루 써
버리고 엄마에게 무슨 핑계를 대고 5만원을 타 내야 했
는데 어제 6만원 잡수입이 생겼다. 조금 찜찜하지만.

태백에서 이곳으로 전학 온 후, 집이 있는 산 중턱에
서 학교까지 등교 시간만 한 시간 반이 걸렸다. 다른 건
좋은데 아침에 일찍 일어나는 것이 정말 고역이었다. 밤
늦게 친구들과 같이 놀러 다니는 것도 너무 힘들었다.
통학이 힘들고 야간 자율학습을 못하니, 읍내에 자취방
을 얻어달라고 통사정을 해도 엄마는 듣는 둥 마는 둥이
었다. 아마 혼자 지내는 내 모습이 불안했던 모양이었

다. 하긴 내가 태백에서 한 일을 생각하면 엄마의 불안
도 일리는 있었다.

태백에서의 내 생활에 화가 단단히 난 엄마는 이곳으
로 전학시키고는 잡비를 딱 끊어 버렸다. 아침에 등교할
때면 버스비만 달랑 줬다. 지금 우리 집 포도가 잘 자란
다고 엄마의 입이 귀밑까지 찢어졌는데, 잘 되면 여윳돈
도 더 타낼 수 있을는지도 몰라. 지난주에 휴대폰이 망
가져서 엄마 몰래 새로 장만한 후 전화로 알렸다가 욕사
발을 한 대접이나 마셨지.

엄마가 그렇게 화내는 걸 본 적이 없었다. 중학교 때
에는 내가 원하는 것은 대부분 허락해 줬던 엄마였다.
그 며칠 뒤 동생한테서 들은 이야기는, 봄나물 한 트럭
분을 넘겼는데 서울 농산물 시장에서 대금을 받아 챙긴
중간 상인이 그대로 튀어 버렸다고 한다. 지금 우리 집
최후의 희망은 포도밭이다. 산 중턱에 있는 포도밭에서
지금 한창 잘 자라고 있다. 9월 중순이면 마른 땅에 단비
오듯 텅 빈 엄마의 주머니에 두둑한 지폐가 차곡차곡
쌓일 것이다. 그 돈다발이 포도밭에서 무럭무럭 자라고
있다. 포도밭은 집 바로 앞에서 산등성이까지 쫙 펼쳐져

있어서 툇마루에 앉으면 눈에 보이는 것은 온통 포도밭 뿐이다. 그러니 엄마의 기분에 따라 용돈을 더 타낼 수 있을 것이다.

고등학교 원서를 낼 때, 태백에 작은아빠가 계신다고 나를 억지로 태백으로 진학시킨 것은 정말 평소의 엄마답지 않은 판단이었다. 이유는 간단했다. 집에서 이곳 고등학교까지 너무 멀어서 공부하는데 지장이 많다는 점. 사실 한 시간 반이라는 등하굣길의 거리가 멀다면 먼 거리였다. 그러나 아빠 친척이 이곳 시내에 있었는데도 굳이 엄마는 귀신에 홀린 사람처럼 나를 태백시로 보내버렸다. 아마 시들어가는 이곳 탄광촌 학교의 식어버린 꼴에 식상했던 엄마가, 그래도 시 지역이 교육에 좋지 않겠느냐는 단순한 판단 때문이었을 것이다.

탄광에 다니는 아빠는 퇴근하면 포도밭에만 붙어살고 있으면서 우리들 문제는 다 엄마에게 위임한 편이었다. 또 평소 엄마의 말만 듣고 사는 편이라 모든 것은 엄마의 결정에 의해 이루어지는 집이므로, 엄마가 가라고 하면 무조건 갈 수밖에 없었다.

그러나 그것은 나에게 행복과 불행의 출발점이었다. 처음으로 집을 벗어난 나는 태백으로 진학하자마자 그 동네 아이들과 어울려, 갈 데 안 갈 데를 불문하고 갖은 짓거리를 다하면서 돌아다녔다. 고1의 어린 나이였지만 담배는 당연히 교복주머니에서 떨어질 날이 없었고, 엄마가 보내준 잡비는 영화관이나 여학생들과의 빵값 혹은 짜장면이나 술값으로 나가버렸다.

그때 작은아버지가 왜 나를 그토록 내버려뒀는지 지금 생각해도 의아스럽다. 당연히 성적은 반에서 최하위에 머물 수밖에 없었고, 다달이 집으로 배달되는 성적표에 실망한 엄마는 담임선생과 면담한 후 두말없이 나를 이곳으로 전학시켜 버렸다. 난 엄마에게 아무 말도 할 수가 없었다. 내가 뿌린 씨가 너무 컸으므로.

한 번 흥미를 잃은 학교생활은 더 이상 의미가 없었다. 처음 몇 달 동안 통학하다가 사정사정해서 자취생활을 시작했다. 엄마가 정해준 자취방에서 생활하는 건 그리 어려움이 없었다. 삼 일에 한 번씩 엄마가 찾아와서 방청소를 하고 반찬거리를 준비해 주곤 했다. 그래서 밤새도록 친구들과 술을 마신 다음날이면, 아침 일찍 일어나 창문을 활짝 열어놓고 환락의 밤을 지새우고 남은 잔해들—담뱃내에 찌든 옷가지나 이불, 술병, 재떨이 가득 담긴 꽁초들을 털고 치우고 씻어서 말끔히 없애버리고 나서야 등교했다.

2교시부터 내리 머리박고 졸았다. 희한한 것은 수업 종료를 알리는 차인벨 소리를 듣지도 못했는데도 어김없이 쉬는 시간에 맞춰 잠이 달아나는 일이다. 어쩌다가 계속 자는 일도 있다. 그럴 때면 친구들이 깨운다.

"야, 두목아. 아무리 그래도 좀 쉬다가 자라!"

김상욱이라는 이름 대신 '두목'이라는 별명으로 불리게 된 것은 3학년이 되어서였다. 나는 흔히 말하는 범생은 아니다. 그렇다고 아주 막나가는 덜렁이도 아니다. 학교에서 잘 나간다는 청심회의 일원이기는 하지만, 그들의 주먹짱이냐 하면 역시 아니다. 주먹 좀 쓴다는 청심회 단원이지만 앞에 나서서 설치는 편도 아니다. 그렇다고 아무 관련이 없느냐 하면, 그것도 아니다. 관련이 분명히 있기에 친구들이 '두목'이라는 호칭으로 부르고 있는 것이다. 무슨 말이냐, 어느 한시적 집단의 일원으로 활동하는 시간 내에서만 형식적으로 한 폭력집단의 두목이라는 말이다. 바로 뮤지컬에서 철조망 파의 내 역할이 그렇다.

난 학교에서 키가 큰 편에 속한다. 181이면 어디에 가도 대부분 아래로 내려다보는 흐뭇한 기분에 잠길 수 있을 정도다. 유난히 흰 피부에 여드름 하나 없는 얼굴도 이만하면 빠지지 않는다. 또한 뚱뚱하거나 바짝 마른 체형도 아니다. 그야말로 적당하게 잘 빠진 몸매를 갖고 있다. 여학생들 사이에서도 인기가 있는 모양이다. 지금 사귀고 있는 애는 없지만 나에게 은근한 미소로 접근하고 있는 애들이 많다. 특히 2학년 박민선. 아직은 여친이라고 부르기는 좀 그렇다. 뮤지컬 단원 중에서 내가 사소한 부탁을 해도 바로바로 들어주는 여자애들이 어디한둘인가. 그런 내가 처음 2학년 겨울에 뮤지컬 부원이 되고 나서 마땅한 역할이 없었던 것이다. 처음부터 꽉 짜여 있던 조직의 틈 사이에 갑자기 뛰어든 나에게 스태프 이외에 듬직한 역할이 있을 턱이 없었다.

곰 선생도 그 문제에 매우 신경을 썼던 것이 분명하다. 평소 나에게 관심을 주던 곰이, '넌 이것저것 다 잘할 것 같은데, 특히 노래솜씨가 좋아서 말야. 그걸 좀 써먹을 수 있는 곳에 넣어야겠는데 이미 캐스팅이 끝나버려서……'라며 안타까운 표정으로 나를 대해줬었다. 그리고 '올해는 이렇게 지나가고 내년에 3학년들이 졸업하면, 너에게 맞는 역할이 있을 거니 조금만 참고 기다려라. 내가 다 생각하고 있으니까'라는 말도 덧붙였다.

뮤지컬은 참 재밌고 신기하다. 공연 한 달 정도 전부터 점심만 먹으면 오후 수업은 제쳐버리고 연습장으로 쓰는 체육관이나 음악실에서 모여 연습을 한다. 우리는 수업만 안 하면 그것으로 학교 다니는 재미가 쏠쏠한데, 게다가 남녀가 모여 눈 맞은 개처럼 설치면서 춤도 배우고 노래도 부르고 연극도 하니 얼마나 재밌는 일인가. 그리고 신기하다면 정말 신기하다. 평소 수업 중에 연신 잠만 자거나 장난질만 치던 녀석들이 제법 진지하게 자기 역할을 소화하기 위해 대사를 부지런히 외우고, 춤동작의 손끝 하나까지 외부에서 나온 예쁜 처녀 안무 선생의 지시에 말대꾸 하나 없이 잘도 따른다.

우리가 언제 영어 단어 하나 외우려고 그리 노력한 적이 있었던가. 쉬는 시간이나 점심시간만 되면, 혹은 하교 후에 시간만 나면 숨겨둔 담배를 빨기 위해 구석구석으로 흩어지던 녀석들이 희한하게도 한두 시간 계속 연습에 몰두한다. 지루하지도 않은 모양이다. 하긴 나도 그렇다. 또 인물 좀 한다는 여자애들이 얼마나 많은가. 몸매도 좋고 얼굴 좀 반반한 애들은 다 뮤지컬 단원으로 들어온 모양이니, 오후만 되면 찌푸린 얼굴이 다리미로 다린 것처럼 절로 환하게 펴지게 되는 것이다. '삔지와 철조망' 우리 뮤지컬 제목이다.

3학년이 되자 드디어, 정말 내가 두목이 되었다. 뚜렷이 드러나는 역할이 없었고, 전체 공연에서 겨우 10분 정도 등장하는, 얼굴도 잘 안 보이는 뒤편에서 철조망 패거리들의 말단 역할이나 스태프로 들락거리던 내가 드디어 철조망의 보스로 발탁되었던 것이다.

사실 내가 철조망 보스 역으로 발탁되고 난 후 주변에서 뜨악한 눈빛으로 바라보는 아이들이 있었다. 그들 중 가장 껄끄러운 애가 바로 청심회 회장인 병호였다. 물론 병호와 나는 아주 친한 친구 사이다. 항상 내 자취방에서 같이 뒹굴면서 밥도 해 먹고 술도 같이 마시면서, 너무 늦으면 내 방에서 그냥 곯아떨어져도 당연한 일로 여길 정도로 친한 사이다. 서로 돈이 생기면 너나없이 쓰기도 한다. 청심회 단원을 뽑는 일에서부터 학교 내부 단속과 외부 선배들과의 관계를 서로 의논하면서 지금까지 지내왔다. 그러나 역시 병호가 실질적인 학교의 대장이었고 난 그 밑에서 그를 돕는 참모 역할로, 혹은 3인자 정도로 지내왔었다. 당연히 병호가 철조망의 보스가 되어야 했다. 그러나 곰은 나를 지명했던 것이다.

곰은 부원들을 음악실에 집합시키고는 각자의 역할을 발표했다. 두목으로 호명되는 그때 나는 순간적으로 병호를 흘낏 쳐다보았는데, 병호는 고개를 아래로 숙이면서 입술을 지그시 깨물고 있는 것처럼 보였다. 나는 죄 지은 사람처럼 고개를 숙이면서 곰의 말을 들었는데, '……그래서 하는 말인데, 오늘 역할 분담을 마쳤지만 이건 내 혼자 결정한 것은 아니다. 안무 선생님과 음악 선생님은 물론 학교의 여러 선생님들의 의견을 종합한 결과 가장 적절한 캐스팅이라는 결론을 내렸다. 그러니 전체를 위해 개인의 뜻을 약간은 숙일 줄 아는……' 어쩌고저쩌고 하며 말을 마쳤다. 뺑지 보스는 내용상 2학년으로 결정됐다.

'오빠, 잘 됐네. 나도 오빠가 평소에 그 역할에 맞다고 생각했었는데. 오빠 노래솜씨가 일품이거든. 남자 단원들 중에 오빠가 젤 나. 역시 보는 눈은 한 곳이구나. 하여튼 축하해!' 음악실에서 나와 교문을 내려가고 있는 중에 박민선이 살그머니 다가와서 한 말이었다. 2학년인 민선이는 키도 적당하고 동그란 얼굴에 살이 통통한, 무슨 일이든 뒤로 빼지 않고 앞장서서 해내는 억척스런 면을 갖고 있었다. 중학교 때 트럼펫을 불었는데 전국 중학교 관악부 경연대회에서 대상을 받을 때의 주역이었다.

지금 생각해도 참 대단하다는 생각이 드는 것이, 이 초라한 탄광촌에 있는 작은 중학교가 전국대회에서 관악부 대상을 받으리라고 누가 생각이나 했을까. 지금 다시 생각해도 당시 음악선생의 힘이 절대적이었음이 분명했다. 키가 크고 듬직한 분이었는데, 경연대회 직전 한 달 동안 학생들과 같이 라면을 끓여먹으면서 연습했던 모습을 기억하고 있다. 당시 나는 트롬본으로 참가했었다. 그리고 졸업 후 후배들도 전국 2년 연속 제패로 마감했다. 그 멤버이던 민선이는 내가 집에서 통학할 때, 산 아래서 버스를 기다릴 시간이면 꼭 그 자리에서 나를 기다리듯 서 있었던, 나를 은근히 좋아하는 애였다. 그 애 집은 버스 정류장 부근이었다. '저녁 좀 안 사? 그만하면 살 만하잖아?'

그렇잖아도 나는 병호를 중심으로 청심회 멤버들에게 저녁을 살 생각이었지만, 내가 먼저 쏜다고 말할 분위기가 아니어서 머뭇거리고 있었을 뿐이었다. 그럴 때 구세주처럼 근식이가 나타나서 다짜고짜 내 팔을 잡아끌면서 떠들었다.

"야, 신임 두목이 짜장면 산단다— 다 삼호관으로 모여라—."

아이들은 환호성으로 답했다. 가끔 우리는 본명은 던져 버리고 극 중의 역할로 대신했다. 무식이, 망치, 쪼달이, 감자, 간디, 두목 등등. 나는 병호를 살폈으나 보이지 않았다. 근식이에게 병호가 어디 있는지 물었다. '야, 걱정 말고 앞서기나 해. 내가 다 얘기했다. 1학년은 빼고 2·3학년 모두 삼호관에서 새 출발식을 거창하게 해야지. 지금 병호는 1학년들에게 일장 훈시 중이시다. 이 자식들이 요즘 좀 말을 안 듣잖아.' 그제야 나는 머릿속이 환해졌다. 활달하고 사교적인 근식이가 그렇게 말했다면 병호 문제도 구름 걷히듯 풀릴 것이라 생각했다.

그날 저녁, 2·3학년 스물두 명 남녀 전원은 중국집 삼호관 뒷방에 모여 탕수육을 안주로 주인아저씨 몰래 들여온 소주를 마시고 짜장면으로 저녁을 때웠다. 한창 어지러운 중에 병호가 불쑥 일어나더니,

"야 너덜, 잘 들어. 내가 한 마디 할게. 오늘 난 기분이 매우 좋아. 우선 우리들 캐스팅 작업이 모두 끝났고 또 불만도 없어.

사실, 곰이 오후에 전체 역할을 귀뜸해 주더라. 이미 대부분 곰이 결정했고, 난 내 역할을 내가 결정하게 해 달라고 했었어. 그래서 내 체질에 맞는 역할을 맡게 됐고. 알았지? 너희들도 각각의 특성에 가장 맞아떨어지는 애에게 돌아가도록 한 거니 다른 생각하지 마. 뭐 배역에 불만이 있을 수도 있겠지만 전체를 위해서는 어쩔 수 없다는 거야.

그리고 우리는 지금까지 4막으로만 연습을 했는데, 곧 8막 전체로 들어간다고 들었어. 유월 중순쯤에 이곳에서 우리 후배들과 이웃 학교 학생들이나 부모들에게

우리들이 선을 보인다고 곰이 말하더라. 그리고 이건 중요한 말인데…… 십일월에 정말 중요한 행사가 있다는 거야. 아직은 계획 중이라고. 삼척문화예술회관에서 삼척 시내 학생들과 시민들을 대상으로 한 공연이 있다는 거. 사실 삼척 시내에 한번 가 봐라. 우리 학교 알기를 장기판에 쫄로 안다. 걔들에게 우리 한 번 멋있게 보여 주자. 그리고 역시 곰에게 들은 얘긴데, 시청에서도 도와준다고 하더라. 뭔지는 모르지만 아마 경비를 많이 지원한다든가 뭐 그런 내용인 모양인데, 아직 확실하게 결정된 건 없다고 들었어."

병호의 일장 연설은 잠시 끊어졌다. 병호는 좌중을 쓱 훑어보다가 다시 말을 이었다.

"하여간 우리, 올해 자알 해 보자. 뭔가 본때를 보여줄 필요가 있어. 사실 우리 학교야 누가 알아주나? 삼척 시내도 그러니 강원도 어딜 가도 우리 학교 이름 아는 사람들이 있나. 또 우리 지역 모습을 봐. 반 이상이 탄광에서 먹고사는 신세라는 거. 그래도 이 개코 같은 데서 우린 중학교 때 관악부로 전국에서 대상 먹은 적이 몇 번이냐? 너들도 잘 알지만 나도 그 멤버였어. 이 작은 중학교에서 전국 우승이란 걸 해 본 적이 있다는 건, 지금 우리도 할 수 있다는 거다. 거 뭔가, 이런 말이 있잖아. 일등도 해 본 놈이 일등 한다고. 우린 중학교 때 일등을 해 봤어. 지금이라고 못 할 이유가 없잖아? 안 그래? 우리 함께 지구 끝까지 걸어가는 맘으로 한번 해 보자.

자, 최선의 노력으로 뺏지와 철조망을 위하여. 우리 모두를 위하여 노력하자. 아니야, 또 있다. 우리들의 곰을 위해서. 오늘 이 자리도 곰이 만든 거다. 나올 때 십오만 원을 주더라. 앞에 놓인 술잔을 들어. 여학생들은 사이다를 들고. 우리들의 진정한 대장인 곰과 함께, 투게더!"

"투·게·더—!"

우린 모두 손을 높이 들고, 우리들의 구호인 '투게더'를 외쳤다. 그런데—

아니었다. 그 모습은 병호가 아니었다. 평소 병호의 살과 뼈에서 튀어나오는 어투가 아니었다. 초등학교 때부터 거의 십이 년간이나 같이 지내오면서 병호에 대해서는 속속들이 알고 있다고 모두들 생각하고 있었지만, 아니었다. 이상하게도 병호가 우리 친구가 아니라는 생각이 참석한 모두들 머릿속에서 날아다녔다. 내 방에서 같이 고추 자랑이나 하면서, 술 취하면 꺽꺽대던 그런 병호는 사라지고, 우리들의 진정한 보스가 새롭게 같은 자리에 앉아 있었다. 더구나 뮤지컬에서 자신의 역할을 병호가 선택했다는 말은, 결국 병호가 할 수 있는 자리를 나에게 양보했다는 의미가 아닌가. 나는 얼굴을 들 수가 없었다.

그의 목소리엔 힘이 있었다. 우린 그렇게 길고 힘 있게 말하는 병호를 본 적이 없었다. 항상 같이 다니면서 담배도 나눠 피우던 그는 사라지고, 도계의 안개 낀 산속에서 이슬 산초를 먹으면서 세상을 내리깔던 한 사나이가 몇 년 만에 홀연히 우리들 곁에 나타나, 복잡하게 얽힌 고딩들의 어설픈 사고방식을 한칼로 정리하는 괴력의 사나이로 변신한 것처럼 느껴졌다. 나는 옆에 앉은 병호의 모습을 흘낏 보았는데, 태연히 술잔을 들이키면서 눈초리는 건너편에 앉아 있는 그의 여친인 정현이를 지긋이 보고 있었다. 정현이 역시 잠잠히 앉아 있으면서도 눈은 병호를 맞추고 있었다.

밤은 깊었고 우리들 몇 명은 술에 취해서야 삼호관에

서 나와 모두 제 갈 길로 흩어졌다. 종우는 나오자마자 골목길로 뛰어가더니 그냥 엎어져서 꾸역꾸역 토해댔다. 나는 달려가서 등을 부지런히 두드렸는데, 그때 내 취한 눈에 얼핏 병호와 정현이가 같이 손을 잡고 옆 골목으로 사라지는 것을 본 듯도 했다. 나는 종우를 거의 엎다시피 부축해서 집으로 돌아오니, 뜻밖에도 근식이가 이불 위에 덜렁 누워서 천장을 멍하니 쳐다보고 있었다. 종우를 그 옆에 눕히고 근식이를 발로 툭 쳤다. 근식이는 눈동자만 굴리면서 서 있는 나를 쳐다봤다.

"야, 귀신도 모르게 언제 왔어?"

"……머리가 어지러워서 잠시 쉬다 가려고. 다 헤어졌지?"

"나도 몰라. 이 녀석을 데리고 오느라 다른 애들은 모르겠어. 아마 다들 집으로 갔을 거야."

"여기 좀 쉬다가 가야지? 근데 오늘 병호 봤지? 짜식, 참 괴물은 괴물이야. 말하는 꼴 하고는. 꼭 곰처럼 말하더라."

"추운데, 여기서 자고 갈 테야?"

"아냐, 가야 돼. 술 좀 깨면 슬슬 갈 거야."

휴대폰이 울렸다. 민선이였다.

"오빠 가는 거 봤어. 여기 잠시 나올 수 있어? 골목 입구야."

"너가 이곳 골목으로 조금만 들어올래? 내 지금 나간다."

나는 방을 뛰쳐나와 골목을 빠르게 걸어 나갔다. 민선이는 골목 안 어둠 속에 서 있었다. 둘이 들어가는 것을 봤다고 했다. 나는 민선이의 손을 잡았다. 차가웠다. 민선이는 나를 빤히 쳐다보았다. '상욱 오빠, 축하해…….' 나는 그 말이 끝나기도 전에 민선이를 와락 안았다. 포근했다. 온 세상의 모든 온기가 몽땅 내 가슴속으로 흘러들어오는 것처럼 가슴 한복판이 포근해졌다. 내가 더욱 힘을 주자 민선이는 몸을 옆으로 틀면서 '……그만.' 하는 짧은 말을 남기고는 골목 밖으로 뛰어나갔다. 온몸의 힘이 밤의 늪 속으로 빠져 들어가고 있었다. 나를 지탱하던 뼈마디가 산산이 이완되면서 그 자리에 주저앉아버릴 수밖에 없었다.

겨울이 남겨놓은 찬바람 끝이 우리들의 목덜미에 송곳처럼 파고들던 3월 어느 날이었다.

5. 가지 않은 길

비가 내리고 있다. 유월 들어 비가 자주 내린다. 벌써 3일째. 정준혁은 창문을 활짝 열고 실내에서는 피울 수 없는 담배 한 대를 물고 창 밖으로 시선을 보냈다. 공공 건물 특히 교내에서는 담배를 피울 수 없게 된 지도 오래됐지만, 가끔 이렇게 혼자 교장실에서 창문을 열어놓고 담배를 태우곤 했다. 운동장 가장자리에 방풍림으로 심은 플라타너스의 비틀린 그림 건너편으로 석공 아파트가 우중충하게 빗속에 묻혀 있다. 그 뒤편으로 야트막한 산등성을 따라 눈길을 옮기면, 전에 석탄을 캐기 위해 만든 야적장 사무실의 엉성한 건물이 빗줄기에 금방이라도 무너져 내릴 듯 위태롭게 서 있다. 그 위쪽에 잔뜩 쌓아놓은 검은 폐석더미가 평소보다 더욱 검게 보인다. 황량하다……쓸쓸하다……. 정준혁은 담배를 세게 빨아 폐 깊숙이 들이키고 천천히 내뿜었다. 파란 연기가 길게 퍼지면서 온몸의 세포가 선잠에 취한 듯이 나른해졌다. 혼자뿐이라는 느낌이 슬며시 밀려왔다.

갑자기 밭은기침이 터졌다. 오른 주먹을 가볍게 입에 대고 기침을 받아내다가, 기침이 잠시 그치자 다시 담배를 힘껏 빨고는 책상 밑에 숨겨 둔 재떨이에 꽁초를 비벼 껐다. 담배를 끊어야지. 나이 예순이 넘도록 아직도 담배를 끊지 못하고 있는 자신의 의지에 대한 자괴감이 다시 살아 움직이면, 몸의 표피가 쪼그라드는 것 같은 생각이 마음 깊은 바닥에서 스멀스멀 솟아오르는 것이다. 담배를 끊어야지. 수도 없이 다짐한 말이었지만 그럴수록 실행이 그리 쉽지 않았다. 아예 끊는다는 것을 포기하고 눈 감을 때까지 이 담배와 같이 즐기면서 걸어가야 할 운명이라는 생각이 더욱 깊어지곤 했다.

문을 두드리는 소리가 들렸다. 교무부장이 들어왔다.

고등학교 제자인 권영운. 수학 전공인 사십대 중반의 듬직한 친구였다. 그는 공손히 인사하고 앞에 섰다.

"어 그래, 잘 돼 가는가? 올해는 도계와 삼척시민들 앞에서 진짜를 보여줘야 하는데, 주말 때 보니 학생들이 연습을 좀 등한히 하는 것 같아서 말야. 우선 한 달 후에 체육관에서 처음으로 도계 학부모들 앞에 공연을 하게 되는데, 만약 그때 망신 떤다면 뮤지컬은 우리 학교에서 그냥 사라지는 거야."

"그게 말입니다. 오형식 선생이 어머니가 편찮으셔서 일주일 간 저녁마다 자리를 비웠었는데, 아마 그때 애들이 좀 게으름을 피웠던 모양입니다. 그래도 평소에 열심히 연습하던데요. 이번 첫 공연이 부담스럽다는 걸 아이들도 알고 있나 봅니다. 부모님들 앞에서의 첫 공연이라 학생들 나름대로 열심히 하고 있으니 너무 걱정하지 마십시오."

"그렇다면 다행인데…… 우리가 원주나 서울 대회에도 참가했지만 그땐 4막으로 참가했었지. 이번엔 그야말로 8막 전편으로 하는 첫 공연이고, 또 고향에서는 처음이 아닌가. 고향에서 공연을 잘해야 지역 사회의 협조도 바랄 수 있지만, 만약 평가가 그야말로 게걸음짓거리 한다고 소문나면 다 끝이야 끝. 하여튼 교무부장이 학생들과 선생들 좀 다독거려서 8막까지 완성하도록 분위기를 잡게. 그리고 안무와 작곡 선생은 관사에서 숙식하고 있지?"

"네, 그저께부터 빈 관사에서 두 분이 같이 있고, 오늘 동해시에 잠시 간다고 전화 받았는데, 둘이 내일 오전에 와서는 공연 때까지 죽 같이 있기로 했습니다."

권영운이 머리를 긁적거리면서 나가자 다시 손은 담뱃갑을 찾다가 기침 생각이 나서 멈췄다. 담배를 좀 줄여야지 이거야 원. 속으로 중얼거리면서 다시 비가 내리는 운동장을 바라봤다. 창문 앞 화단에는 둥글고 두툼한 초록빛 솜사탕이 꼬치꼬치 박힌 듯 잘 손질된 향나무 아래, 분홍색 장미꽃 몇 송이가 빗줄기에 밑으로 꺾여 있었다. 그 광경을 물끄러미 보던 정준혁은 작년 봄 이 학교에 첫 부임하던 때를 떠올리면서, 지난 1년간 뮤지컬에 온 정성을 쏟아왔던 자신의 행위에 그동안 수없이 해 온 칼질을 다시 시작했다.

부임하고 한 달 후인 어느 날 아침이었다. 평소에 거

의 하지 않는 전교생 운동장 조회를 하기 위해 선생들과 학생들은 아침의 선선한 바람 속에서 운동장에 집합하고 있었다. 준혁이 막 교장실에서 나와 운동장으로 향하는 층계를 내려갈 때였다. 갑자기 뒤편 교실 높은 곳에서, '야이 학생부장 놈아, 이 개쌔꺄. 넌 죽어, 이 캐샹노므쌔꺄!' 하는 욕설이 들렸다. 그러자 운동장에 모인 삼백여 명의 학생들과 교사들의 시선은 일제히 3층 교실로 향했다. 3층 중앙 교실 창문에 머리가 덥수룩한 학생이 담배를 꼬나물고 회색 연기를 내뿜으면서 고래고래 욕설을 내리퍼붓고 있었다.

순간 정준혁은 머릿속이 휙 돌아갔다. 즉각적으로 사태를 파악해 버렸다. 그리고 정렬해 있는 학생들의 동태를 살폈다. 불과 몇 초의 짧은 순간이었지만, 삼십 몇 년의 교직생활에서 쓴맛 단맛 다보고 지내온 경험이 온몸에 퍼져 있는 예리한 돌기의 끝에서 막 몸부림쳤다. 이 고비를 순조롭게 넘기면 이 학교에서 앞으로의 학생지도가 성공할 수 있을 것이고, 만약 넘기지 못하는 불행한 사태가 온다면, 교권은 그대로 추락하고 학생들 앞에서 교사는 정말 쥐새끼처럼 작아질 것은 분명한 일이었다. 저 녀석이 2학년 청심회 중에서도 제법 잘 나간다는 놈이라는 것도 모두 알고 있는 터였다. 학년만 2학년일 뿐 영향력은 3학년을 압도하고 있다는 사실도 물론 알고 있었다. 평소 대가 약한 선생들한테는 머리도 숙이지 않는, 수업 중에 마음대로 밖으로 들락거리는 놈, 차병호. 정준혁은 연설대 옆에 서 있던 학생부장의 행동을 주시했다.

학생부장 송경국. 42세. 국립대 수학과. 이 지역에서도 계곡 깊숙한 촌 출신이면서 예비역 공수부대 하사. 보통사람보다 사과 한 개 정도 더 큰 건장한 체격에 운동을 좋아하는 선생. 소주 다섯 병을 한자리에서 간단히 해치우고 아침마다 조기축구회에서 땀을 흘려야 하루를 보낼 수 있다고 입버릇처럼 말하는.

몸을 돌려 4층을 쳐다보던 송경국은 머리를 잠시 숙이더니 그대로 계단을 타고 솟구쳤다. 그는 곧추 올라가서 본관 현관을 밀어제치고는 사라졌다. 그 뒤로 남은 건 계단에서 아직도 울리는 듯한 그의 구두 소리와 휑하니 흔들이는 현관문뿐. 10초가량 지났을까. 갑자기 3층 교실에서 책걸상이 뒤집어지는 소리와 동시에 돼지 멱

따는 듯한 소리가 운동장으로 흘러나오기 시작했다. 이어서 '어억, 헉' 하는 비명과 매트리스를 깊게 두드리는 듯한 둔탁한 소리가 운동장에 모인 모든 이들의 가슴속으로 밀물처럼 파고들었다. 비명소리는 이 분 정도 계속되었을 것이다. 그리고 소리는 멈췄다.

잠시 후 모든 이들의 시선이 한 곳을 향하여 날아가는 그 초점에 송경국의 상반신이 나타났다. 우리들과 불과 오십 미터 정도밖에 안 되는 거리였기에 그의 표정을 잘 볼 수 있었다. 심각한 우리들의 생각과는 달리 그는 무표정했다. 거친 숨을 쉬는 것 같으면서도 드러나는 옷깃의 울렁거림은 없었다. 언제 그런 일이 있었느냐는 듯 흘러내린 머리칼을 한 번 천천히 쓸어 올리고는 차분하게 아래 학생들과 선생들을 부감하고 있었다.

영화에서 카메라를 아래에서 위쪽으로 향해 찍는 기법은 성공한 위인들이거나 전장에서 혁혁한 승리를 얻고 돌아온 개선장군을 드러낼 때 주로 사용한다는 점을 떠올렸다. 바로 그 영화의 한 장면이 모든 이의 눈앞에 펼쳐졌다. 짧은 순간, 모두 침묵의 위압감 속에서 쳐다볼 뿐이었다. 정준혁은 지금도 그 상황을 되새기면 당시의 송경국 선생의 차분한 표정을 사진처럼 머릿속에 재생할 수 있다. 먼저 정신을 차린 건 체육 선생이었다. 지휘 학생을 보고 조용히 그러나 굵게 말했다.

"야, 전교생 교실로!"

지휘 학생은 로봇처럼 즉각적으로 움직였다.

"전체에 차려잇! 각 학년, 교실로 향하여 앞으로이 갓!"

학생들은 전에 없이 질서 있게 반별로 교실로 들어갔다.

정준혁은 교장실에 혼자 앉아 마음을 가라앉히려고 노력했다. 아직 수업 시작은 10분 이상이나 남아 있었다. 이 상황을 어떻게 정리해야 할지 마음이 복잡했지만 우선 학생부장을 통해 내용을 파악해야 했다. 인터폰으로 학생부장을 불렀다. 송 부장이 자리에 없다는 교무의 말이었다. 들어오면 즉시 교장실로 오라고 말했다. 준혁은 송경국의 평소 근무 태도를 생각했다.

이 지역 출신이면서 항상 학생들보다 일찍 출근해서 교실과 운동장을 점검한 후 교문에서 학생들을 지도하던 생기 있는 모습을 떠올렸다. 나무랄 데가 없는 교사였다. 양복을 입은 모습을 본 적이 없어서 언젠가 서류

결재로 들어온 송경국에게, '거 자유롭게 보여서 좋긴 하지만 그래도 가끔은 넥타이를 좀 매 보지.'라는 말로 떠보았다. 송경국은 그 큰 키에 멋쩍은 표정을 지으며 '예에' 하는 짧은 말로 대답하고는 나갔다. 그러나 그 후로도 넥타이를 매고 출근한 적은 없었다. 그래도 그는 업무처리나 학생지도에 철저한 모범교사임은 틀림없었다. 잠시 후 송경국이 들어왔다. 평소와 다른 점은 전혀 없었다. 안정된 자세로 앞에 선 송경국에게 소파에 앉으라고 했다.

"송 부장, 많이 놀랐지요? 나도 깜짝 놀라서 가슴이 막 떨렸소. 차병호 그 녀석이 어떻게 그런 행동을 할 수 있소? 더구나 선생님들과 전교생이 보는 데서 말이오. 하여튼 그놈들이 참 말썽이라니. 청심회 회원이지, 그놈이? 내가 이 학교에 온 지 한 달 좀 넘었지만 청심회 아이들은 대개 파악하고 있소. 또 그놈이 그중 가장 말썽이라는데, 맞지요? 그나저나 그놈이 왜 그런 짓거리를 했는지, 그 이유를 알고 있소?"

송경국은 머리를 잠시 숙이다가 천천히 들어올렸다. 청색 점퍼 차림에 두 손을 깍지 낀 상태로 낮게 말했다.

"죄송합니다. 있을 수 없는 일이 벌어졌습니다. 우리 학교가 좀 규율이 문란하다는 건 모두 알고 있지만 설마 이런 일까지 벌어지리라고는 저도 상상을 못했습니다. 죄송합니다."

"뭐, 그리 죄송할 것까지는 없고. 그런데 그 애와 송 부장 사이에 어떤 일이 있었소? 그 녀석이 무턱대고 그런 행동을 하지는 않았을 게 아니오? 내 보기에 뭔가 일이 있었기에 그런 행동이 튀어나온 게 아니겠소?"

잠시 뜸을 들이던 송경국은 천천히 그리고 낮게 말했다.

"예, 맞습니다. 일이 좀 있었습니다. 오늘 아침 제가 교문 지도를 하고 있을 때부터 차병호가 좀 이상했습니다. 평소보다 매우 일찍 등교하더군요. 그 애는 항상 늦게 등교하는 게 정상이었는데 말입니다. 그리고 교복 윗도리를 입지 않아서, '너 왜 교복을 안 입었냐'고 말하니, 아무 대답도 없이 그냥 걸어가길래 다시 불러서 좀 야단을 쳤습니다. 그런데 제 말을 듣는 기색이 아니었습니다. 한 마디로, '넌 지껄여라. 난 나대로 간다.'는 그런 표정이었습니다. 그래서 더 이상 말하기도 귀찮아서, 앞으로 교복을 입고 등교하라고 간단히 말하고는 들여보냈습니다. 그놈들이 평소 좀 그렇잖습니까. 그래도 그놈들이 평소에는 이 지역 출신인 제 말은 좀 들어먹는 편이었는데…… 하여튼 그런 일이 있었습니다."

송경국은 잠시 말을 끊었다가 침을 깊게 삼키고는 다시 이었다.

"청심회는 교장선생님께 전에 제가 보고를 드린 그대로입니다. 각 학년에 6명씩 모두 18명으로 조직되어 있고 또 사회 달건이들과 연계되어 있습니다. 한마디로 우리 학교가 이곳 사회 달건이들의 기초 조직원 배출구인 셈입니다. 교장 선생님이 오시기 전인 작년 봄에 점례 초등학교 잔디밭에서 밤에 술 마시며 떠들다가, 숙직하는 사람이 나무라자 몽둥이로 학교 유리창 수십 장을 박살낸 놈들이고, 석공 테니스장에서도 술 마시고는 칼로 네트를 죽죽 그어 버려서 못 쓰게 만든 놈들입니다. 우리 학교 화장실 보십시오. 죽어라 청소를 해도 아침이면 꽁초가 수북합니다. 다 그놈들 짓거리거든요. 그 중의 핵심이 3학년 준걸이와 지금 2학년 병흡니다."

"참……. 이 망해 가는 촌구석에 뭘 먹을 게 있다고 달건이들이 그리 설치나. 하여튼 애놈들 하는 짓거리라는 게, 거참. 경찰과의 연계는 어떻소? 경찰과 의논 좀 해봐야 하지 않겠소? 사실 이런 문제를 학교에서 해결하지 못하고 경찰까지 동원된다면 학교 체면도 말이 아니지만. 그런데 병호 그 녀석은 지금 어딨소?"

"그게…… 경찰과의 문제는 다음에 말씀드리겠습니다. 교문에서 병호를 들여보내고 교무실에 들어갔는데, 잠시 후 한 여선생이 저에게 슬며시 말하더군요. 체육관 앞에서 담배 피는 학생이 아마 병호 같다고. 그래서 뛰어 내려갔더니 병호가 담배를 피우고 있었습니다. 그런데 숨어서 몰래 피우는 것이 아니라 아예 '나 담배 피운다'는 광고라도 하듯이 체육관 앞 선생님들 승용차 대는 곳 한복판에서 그냥 뻗대면서 피우고 있었습니다. 화가 머리끝까지 올라서, 담뱃불 끄라고 했더니 끄지 않고 그냥 허리 뒤로 슬며시 숨기는 겁니다. 그놈 등 뒤에서 올라오는 담배 연기를 보니까 순간적으로 손이 올라갔습니다. 싸다구를 서너 차례 돌렸더니 가만히 있더군요. 그리고 학생부로 오라는 말을 하고는 운동장 조회 시간이 돼서 학생들을 정리하려고 돌아섰습니다. 그 다음 일은 모두 다 아시는 바와 같습니다. 지금 병호가 학생부에 있습니다.”

송경국은 잠시 뜸을 들이다가

“그것 참, 병호도 제 정신이 아닌 게, 바로 집안 환경
이 문제입니다. 어릴 때 삼척에서 엄마가 집을 나간 후
울진에 산다는 할아버지 집에서 크다가 동생과 같이 도
계에 온 것은 초등학교 입학 전이었다고 합니다. 엄마
없이 살다가 새엄마가 집에 들어온 지도 꽤 된다는데,
아직도 새엄마와는 서로 말 한 마디 하지 않는 사이랍니
다. 그러니 애들이 제대로 학교에 적응하겠습니까? 아
깐 저도 순간적으로 정신이 팽 돌았습니다. 3층 교실에
서 애를 잡아버리려고 후려 팼는데, 처음에는 반항하던
녀석이 잠시 후엔 그냥 좀비처럼 멍청히 맞고만 있는
겁니다. 그래서 저도 순간, 이거 무슨 일이 있구나, 하는
생각이 들어서 손을 멈췄더니, 병호가 무릎을 꿇으면서
울더군요. 죄송하다고. 그놈 애길 들어보니 바로 집안
문제였습니다. 집에 들어가기도 싫고, 아빠도 싫고, 새
엄마는 아예 머릿속에 없고……. 학교를 관두려고 일부
러 그랬답니다. 참 딱해서…….”

학생들을 지도하는 방법도 여러 가지다. 정준혁은 그

일이 있은 후부터 학생들을 바라보는 시선을 다각도로 펼쳤다. 어차피 대학은 다 갈 수 있다. 대학 입학 정원과 고교 졸업 예정자의 수가 비슷하다는 점을 학생들도 잘 알고 있을 것이다. 원하는 학생은 누구나 다 대학에 진학할 수 있다. 그렇지만 우리 학교 백여 명의 3학년 중 수능을 볼 학생은 칠십 명 정도밖에 안 될 것이고, 그 중에서 정시에 지원할 학생은 삼십 명이 좀 넘을 것이다. 진학을 원하는 나머지 학생들은 모두 수시로 진학하거나 적성과 관계없이 미달되는 학과에서 손짓하는 대로 편히 앉아서 진학하게 될 것이다. 그러니 굳이 수업에 열중하지 않아도 대학은 갈 수 있다는 점. 그렇다면 학생들을 어떻게 지도해야 할 것인가. 이 학생들이 스스로 즐거운 학교생활에 몰입할 수 있는 방법은 과연 없는 것인가.

성적이 극히 우수한 학생의 학부모를 제외하고는 대다수 부모들은 학생들의 성적에 그리 관심을 갖지 않는다는 사실도 주목했다. 학부모들 중 탄광에 직접 종사하거나 탄광과 관계되는 직업에 종사하는 가구가 전체의 70%를 넘는다는 사실은 학부형 거의 전체가 탄광과 관계를 맺고 있다는 것을 의미했다. 그리고 정부의 석탄산업합리화 사업으로 탄광이 계속 위축되고 있어서, 한때 오만을 헤아리던 인구가 지금은 만삼천을 겨우 유지하고 있는 현실도 학생들을 이해하는데 중요한 요소였다.

한마디로, 사양 산업에 몸부림치는 군상들의 자녀가 모인 학교가 바로 자신이 경영자로 있는 학교였다. 그들의 거친 성격도 가정과 사회의 땟물에서 벗어날 수 없다는 점, 이 점은 중요했다. 병호의 비행은 바로 그런 환경의 연장선이면서, 그들의 비행을 고칠 수 있고, 즐거운 학교, 오고 싶은 학교로 만어야 한다는 점을 일깨워준 사건이었다.

정준혁은 그 해 4월 말부터 주말이면 웬만해서는 밖으로 나가지 않았다. 잊은 지 오래 된 책상에 앉아 원고지와 씨름하는 시간이 점차 길어졌다. 시간이 흐를수록 원고지는 더욱 두툼해져 갔다. 그 해 여름방학도 집에서만 보냈다. 잡다한 학교 일은 교감에게 맞기고 오직 원고지와 씨름할 뿐이었다. 아내는 외출도 하지 않는 남편의 행동을 처음에는 의아스럽게 보았으나, 늙은 남편의 책상머리가 점차 익어가는 듯 보이자 건강도 좀 생각하며 지내라는, 다분히 일상적인 말만 던지고는 그저 밖에서 술값을 없애지 않는 남편을 대견스럽게만 생각했다.

봄부터 여름 동안, 오백 매나 되는 원고를 메웠다. 대학 시절에 잠시 몸담았던 문학과 예술의 세계가 육십이 넘은 지금에야 그 절정을 이루고 있다는 생각에 가슴이 뿌듯했다. 셰익스피어를 밤새워 공부하던 그 젊음의 열정이 결코 사라지지는 않았다는, 다분히 감상적인 세계에 몰입되는 즐거움은 준혁의 가슴을 덥히기에 충분했다. 제목은 '뺀지와 철조망'으로 정했다. 사회 폭력배 단체인 철조망과 학생 조직인 뺀지와의 다툼과 화해, 가정의 중요성을 강조하고 양보를 통해 서로가 승리하는 내용이었다.

뮤지컬.

정준혁도 처음에는 뮤지컬에 대한 지식이 전무했다. 굳이 형식을 뮤지컬로 정한 이유는, 이곳 탄광촌의 현실과 그에 따른 학생들의 고민을 가장 적절하고 활기 있게 표현할 수 있는 장르로서 연극은 무언가 2%가 부족하다는 느낌과, 요즘 청소년들의 개성을 뚜렷하게 드러낼 수 있는 장르는 춤과 음악, 그림과 대화가 어우러진 것, 바로 뮤지컬이 맞아떨어진다고 판단했기 때문이었다.

처음, 춤과 음악과 연기가 혼합된 예술이라는 막연한 생각으로 무모하게 덤벼들었다. 그 사이에 직접 서울로 가서 '명성황후' 뮤지컬을 관람했다. 대학 영문과 재학 시절에도 본 적이 없는 뮤지컬이었다. 사실 60년대 초 우리나라에 제대로 공연하는 뮤지컬이 있을 리가 없었다. 졸업 후 나이 들어서 처음으로 관람한 본격적인 뮤지컬이었다.

그 후 인터넷 검색에서 서울 어느 곳에 뮤지컬 상영이 있으면 무조건 달려가서 보고 또 보았다. 그 충격에서 새로운 아이템을 그릴 수 있었고, 그에 따라 첫 대본을 처음부터 싹 뜯어고쳤다. 어려운 부분이 뮤지컬 넘버였다. 특히 신경을 쓴 부분은 오프닝 넘버에서 탄광 노동자들의 꿈과 희망을 짧은 노래로 절실하게 전달하는 것과, 마지막 분위기를 결정하는 스페셜 머티어리얼에 해당하는 합창 가사였다. 고치고 또 고쳤다. 춤 또한 신경 쓴 부분이었다. 또 프로덕션 넘버를 어느 부분에 집중할 것인지에 대해서도 골머리를 싸맸다.

방학 중에도 교장실에서 혹은 관사에서 매일 원고지와 싸웠다. 때로는 학생들을 교장실로 불러서, 그들이 가장 흥미를 느끼는 일을 물어보기도 하고, 학교생활에서 절실하게 원하는 것이 무엇인지를 직접 듣고 메모를 했다. 그 대상에서 청심회 멤버들도 예외는 아니었다. 그들을 불러서 학생 폭력 조직의 행태와 생리를 조금이라도 가까이서 이해하고자 노력했다. 그들의 시선이 머물 수 있도록, 전달하고자 하는 메시지가 살아나도록 뜯어고치고 다시 고쳤다. 거의 4개월을 꼬박 책상에서 살았다. '뺑지와 철조망'이라는, 비폭력과 가정의 화목, 올바른 청소년의 길을 주제로 한 뮤지컬 대본 전 8막이 이렇게 완성되었다. 여름의 더위가 막바지 기승을 부리던 8월 초였다.

　대본이 완성되자 우선 젊은 국어 선생들에게 한 부씩 나눠주면서 젊은이의 시선으로 다시 검토 작업을 하도록 했다. 이미 낡아버린 자신의 시선에 대한 불안감이 준혁의 마음을 억누르고 있었기 때문이었다. 그런 후 전 교직원 회의에서 학교장의 계획을 발표하고 토론에 부쳤다. 물론 학생회에도 이 안건을 올렸다. 학교 운영위원회를 소집하고 협조도 구했다. 교사 중에서 이 일에 합당한 교사들을 모아서 계획 전반을 손질하게 했다. 우여곡절을 거쳐서 삼백 명의 전교생 중에서 삼십여 명의 남녀 부원을 뽑은 것이 작년 9월 중순이었다. 삼백 명 전교생 중에 10%가 넘는 인원이 뮤지컬 부원으로 동원된 대역사였다.

비는 계속 내렸다. 다시 담배를 물었다. 파란 담배 연기가 그의 입에서 빠져나오면서 허공으로 흩어졌다. 연기를 따라 눈길을 돌리던 정준혁은 작년 첫 출발의 어려움에 마음이 멈추자 다시 담배를 깊숙이 빨아들였다.

세상에 마음대로 되는 일은 없는 법이다. 사람들은 자신의 경험에서 바라보는 다양한 시각의 편차에 따라 말하고 행동할 뿐이라는 사실을 뮤지컬 창단 과정에서 절실하게 경험했다.

경험의 차이에서 나타나는 여러 파생된 사고의 굴곡을 한 점으로 몰입시키는 일이 그렇게 힘들 줄은 예상하지 못했다. 육십여 년 동안 세상일에 갈리고 닦인 몸이었지만 자신의 순수한 의욕이 지역민들에게, 특히 믿었던 선생들에게서조차 무참히 꺾이고 부러지는 현상을 체험한 준혁의 몸은 만신창이가 되었다. 병원에 일주일 입원해 있는 동안, 개개인의 시각에 따라 대상에 접근하는 방식이 긍정과 부정으로 갈라지는 현상을 되새기면서 극도의 위축감에 잠겼다. 자신의 힘으로 현실을 극복할 수 없다는 사실에 다 때려치울까도 생각했다. 정년이 2년도 채 남지 않은 내가 왜 이런 엄청난 일에 몸을 던져야 하는지 의문이 샘솟듯 일어났다.

긍정의 집단은 원래 침묵의 분위기 속에서 슬며시 나타나는 법이다. 그 소리는 크게 울리지 않는다. 반면에 부정의 집단은 한두 사람의 목소리가 주변으로 확대되고 다시 재생산되면서 큰 반향으로 울리게 되어 긍정의 집단까지 함께 몰아가는 힘을 발휘하게 한다. 자신의 일과 직접 관련 없는 사람도 단체 중 작은 부분의 흔들림이 혹 자신에게 부정적 영향을 끼칠 것을 염려하는 마음 때문에, 피부에 날카로운 가시를 세우면서 확산에 대한 방어망을 두른다. 특히 안정적 직위에서 세상을 바라보는 집단은 더욱 현상 유지를 선호하게 되는 것이다.

그러므로 그들은 어떤 일이 자신의 주변으로 접근하게 되면 본능적으로 부정적 행동을 나타내는 것이다. 이러한 일은 지금까지 살아오면서 어렴풋이 느꼈을 뿐 명확한 형체를 인식하지 못했지만, 그때 비로소 눈앞에 뚜렷한 현실로 버티고 있음을 깨달았다. 그 핵심은 가까운 곳에 있었다. 평소에 모든 일을 믿고 맡겼던 교사 집단에서부터 부정적 형체가 드러나기 시작했다.

교무회의에서 뮤지컬에 대한 의제를 토론으로 붙였지만 모두들 꿀 먹은 벙어리 모양 말이 없었다. 원래 학교장이 어떤 의제를 던지면 대부분 그냥 따라오던 습관이 이번에도 그렇게 적용될 것처럼 보였다. 그러나 일주일이 지나서 다음 교무회의 때는 분위기가 조금 바뀌었다.

교무회의는 일주일에 한 번, 월요일 오전에 하게 되어 있었다. 그 일주일의 시간에 선생들은 술자리에서 혹은 다른 자리에서 끼리끼리 그 문제에 대해 심각한 토론이 있었음을 짐작할 수 있는 발언이 툭툭 던져졌다. 주로 동원되는 인원의 과다함에 초점이 맞추어졌다. 전교생 중 십분의 일이 동원되는 대규모의 행사가 부담스럽다는 점과, 그 운영의 핵심이 결국은 교사들의 몫으로 돌아가게 된다는 것도 덧붙였다. 또한 운영경비 문제도 나왔다. 찬성하는 발언은 없었다. 역시 내 일이 아니라는 안이한 인식의 그림자는 깊었다.

그러나 정준혁은 내부적 분위기가 그리 나쁘지만은 않다고 느꼈다. 어차피 큰일을 추진하는데 그 정도의 반발은 예상한 바였다. 그러나 이러한 생각이 착각이었음은 다음 주 교무회의에서 드러났다. 이미 그들은 충분한 내부 토론을 거쳐서 반대의 명분을 이론적으로 다지고 나온 것이 분명했다.

방과 후 연습 시간에 과다한 인원이 동원됨으로써 야간 자율학습 참가율이 떨어진다는 점, 언젠가는 대외 공연에 참가하게 될 때 막대한 수업 손실이 발생한다. 뮤지컬의 운영 주체는 교사이고, 담당 교사가 한두 명으로는 감당할 수 없으므로 기타 교사의 업무 증가, 지금도 시청각교육 기자재가 부족하고, 각 교실에 있는 와이드 스크린이나 컴퓨터가 많이 손상되어 있음에도 비용 문제로 수리가 제때 안 되는 상황에서 과다한 뮤지컬 운영 경비의 문제 발생, 변방의 쇠락해져 가는 지역 특성상 이런 큰일을 학교가 벌일 필요가 없다는 점, 비록 인문계와 실업계가 혼용 운영되는 학교일망정 그래도 인문계가 절대 다수를 차지하는 학교 특성상 대학 진학에

목을 걸고 있는 학생들과 학부모들을 어떻게 설득할 수 있겠는가. 가뜩이나 학생들의 면학 분위기가 엉망인데 이런 대규모의 예능 부서를 창단하면 학교의 분위기가 더 망가질 것이다. 굳이 예능부서를 운영하자면 경비와 인원이 적게 드는 다른 장르를 생각할 수도 있을 것이다. 뮤지컬은 음악과 춤, 그림과 과학적 기술적인 면이 총 망라되는 종합 장르인데, 학생 대부분이 내신으로 겨우 대학에 진학하는 상태에서 뮤지컬에 참가하는 학생들이 그 수준에 맞출 수 있겠느냐…….

이렇게 나오자 찬성하는 교사는 하나도 없었다. 심정적으로 학교장의 방침에 그리 반대하지는 않는 노장 선생들도 아예 입을 다물고만 있었다. 정준혁은 할 말이 없었다. 다 맞는 말이었다. 선생들의 논리에 무슨 토를 달 수 있을 것인가. 저렇게 논리 정연하게 뮤지컬 창단의 부당성을 설파하고 있는 준재들 앞에서 늙은 학교장이 무슨 말을 할 수 있겠는가. 침묵이란 긍정과 부정을 포함하고 있는 단어지만, 그때만은 긍정의 의미가 저 멀리 사리지고 오직 부정의 의미만 살아 날뛰고 있었다.

교무회의는 그렇게 끝났다. 학교 운영위원회도 반대

일색으로 돌아갔다. 그들의 논리는 간단했다. 그런 것 할 의지와 시간이 있으면 학생 성적이나 올려라, 는 거였다. 또 그런 쓸 데 없는 일에 사용할 경비로는 학생을 위한 시설 투자에나 눈을 돌려라. 돈도 썩어나는 모양, 이라는 빈정거림도 덧붙었다.

더 심각한 소문이 들려오기 시작했다. 정년이 얼마 남지 않은 학교장이 학생들 성적은 올릴 생각은 않고 학교를 놀이판으로 만들려고 한다, 라는 소문이 지역 사회에서 돌기 시작한 것이다. 소문이란 원래 꼬리를 물고 떠돌아다니다가 점점 그 형태가 변화되고 확장되는 그런 일반화의 과정을 거치게 마련이다. 이번 일도 예외가 아니었다. 정준혁은 술 주량이 적었다. 하지만 젊은 선생들과의 대화에 즐겨 참가하는 편이었고, 그럴 때마다 몇 잔의 술은 어쩔 수 없이 마시게 마련이었다. 여기서도 문제가 커졌다.

평소 선생들과 술을 마시면서 술값은 꼭 선생들에게 덤터기를 씌운다, 에서, 학교 예산을 마음대로 요리하며 사복을 채운다더라, 로 나가더니, 그동안 모은 막대한 돈으로 멀리 강릉에 3층 빌딩을 샀다, 로까지 번졌다.

인구 만삼천을 넘을까 말까 한 탄광촌의 좁은 지역에서 소문의 힘은 엄청났다. 결국 학부모 대표들이 교장실로 쳐들어와서 항의하는 소동이 벌어졌다.

그날 교장실에서의 소동은 정말 끔찍했다.

교장실로 몰려온 학부모들은 열 명이 넘었다. 이곳에서 한소리 할 줄 안다는 여자들은 다 모여든 것 같았다. 그들은 교장실에 들어오기 전에 모두 입을 맞춘 것처럼, 하나같이 뮤지컬에 올인하는 교장의 부당성을 추켜올리는 손가락 틈으로 연신 내뱉었다. 앞에 놓인 찻잔은 아예 바라보지도 않고 번뜩이는 눈초리를 위아래로 뿜어대면서 준혁을 윽박질렀다.

"이보세요, 교장 선생님! 생각 좀 해 보세요. 우리 학교에서 서울 좋은 대학으로 진학한 학생이 몇 명이나 있어요? 요 몇 년간 그저 잘 간대야 지방 국립대학에 열 명 갈까 말까 한데, 지금 뮤지컬이 뭐예요? 전교생 몽땅 해봐야 삼백 명이 조금 넘는데, 몇 십 명을 뽑아서 공부와는 관계없는 곳에 처박아두자는 게 도대체 학교장이 할 짓입니까? 참 내 어이가 없어서리."

"안 그래도 우리는 평소 불만이 많았어요. 도대체 선

생들 중에 이곳에서 잠자는 선생이 몇이나 됩니까? 다 삼척이나 동해에서 출퇴근에 바쁜데 언제 아이들에게 신경이나 써주겠어요? 그저 종치면 쌩하니 돌아가기 바쁜 선생들뿐인데. 그나마 이젠 아예 학생들을 몽땅 연극배우로 만들 작정을 하셨다면서요?"

"그게 아니라, 뮤지컬 부원들도 어차피 다 대학을 가게 돼 있습니다. 좀 차분하게 이야기나 한 다음에……."

"이야기 하나마나 우리도 다 들은 게 있어요. 이 학교가 어디 교장 혼자만 있는 학교는 아니잖아요? 선생들도 있고 행정실 직원들도 있고, 그리고 운영위원회도 있고. 그리고 우리들도 사실 이 학교 식구나 다름없다는 걸 교장 선생님은 모르고 계신 모양입니다. 또 우리 중에는 이 학교 출신도 있어요. 우리는 절대 반댑니다. 이건 교장 선생님 혼자 밀고나갈 문제가 아닙니다."

"평소에도 야간 자율학습 때 선생들이 잘 보살피지 않아서 아이들이 제멋대로 돌아다닌다는 말을 많이 들었습니다. 그런데도 밤에는 선생들이 잘만 술집으로 쏘다니더군요. 물론 교장 선생님도 그런 자리에 선생들과 같이 지내시겠지요? 그런 판에 뮤지컬인지 뭔지 한다고 아이들을 다 빼내서 도무지 뭘 어떻게 해나가겠다는 생각인지 이해할 수가 없네요."

"아무리 정년이 얼마 남지 않아서 편히 지내고 싶다고 해도 이건 아닙니다. 교장 혼자만의 학교가 아니잖아요? 선생들도 괜히 교장 앞에서나 가만히 있지 실제로는 다 반대한다고 들었습니다. 교장 선생님은 알고 계세요? 선생들의 의견이 어떻다는 걸? 우리가 알고 있는 선생들은 다 반대합디다."

결정적인 말이 드디어 터져 나왔다.

"지역 학부모의 의견은 털끝만큼도 생각하지 않는 교장에게 우리 아이들을 맡길 수는 없습니다. 우리 아이들이 몽땅 다른 곳으로 전학하든가, 아니면 교장 선생님이 다른 학교로 가든가, 둘 중에 하나를 생각해야 할 거예요. 사실 우리 애들은 중학교 때부터 무슨 관악부니 뭐니 해서 공부하는 자세가 망가져 있었다는 걸 교장 선생님도 알고 있었을 거예요. 그런 애들이 고등학교에서마저 이런저런 학교 피알에 광대처럼 나갈 수 없습니다. 광대는 교장 혼자서도 충분합니다. 왜 우리 애들을 교장의 광대로 만들고 그러세요? 여기가 아무리 찌그러져

가는 탄광촌이라지만 그래도 아직 눈빛 하나는 죽지 않았다는 걸 아셔야 할 겁니다. 혼자 광대 노릇하던가 아니면 이 학교를 떠나서 혼자 춤추던가 하세욧!"

그 다음 날, 정준혁은 병가를 내고 집에 드러누워 버렸다. 더 이상 헤쳐 나갈 기력이 없었다. 2년 정도 남은 교직 생활을 그저 편안하게 마무리하는 것이 자신에게 주어진 최선의 길이였다. 좋은 일이라도 새로 만들면 서로 피곤하다는 점을 인정했다. 전부터 내려오는 제도와 습관에서 새로움을 덧붙여야 할 이유가 통하지 않는 사회를, 굳이 빈약한 내 몸으로 비틀 능력이 애초부터 없었다는 점에 동의했다. 답습하는 사회에 무리하게 색칠하고 길을 비트는 이단자의 모습을 정준혁은 자신을 통해 보고 있었다. 새로 색칠하기에는 너무 늙었다. 준혁은 정직하게 자신을 인정했다. 봉급이나 받고 상급 기관의 지시대로 성적이나 올리고 학교 환경정리에만 몰두해도 시간이 모자라는 판에, 이 무슨 쓸데없는 귀신 씨나락 까먹을 뮤지컬이라니.

선생들을 원망하던 마음도 비웠다. 대부분 30, 40대의 그들은 아주 현명했다. 정당한 봉급을 받고 자신의 일에 충실한 교사들이다. 수업과 학생 지도와 잡무 처리, 이 세 가지 대명제와 관련 없는 일 때문에 자신들의 시간을 허비할 필요가 있을 것인가. 젊은 교사들은 대부분 부부 교사다. 때문에 아침에는 우선 귀여운 자식들과 떨어지는 아픔을 겪어야 한다. 아기를 돌보아주는 집으로 보내거나 학원으로 보내놓고 허겁지겁 출근해야 했다. 저녁에는 집에 빨리 돌아가서 맡겨놓은 자녀들을 데리고 다시 학원으로 보내야 할 형편이다. 야간 자율학습 당번이 걸리는 날이면 그들은 부부끼리 서로 연락을 해서 한 날 동시에 당번이 되지 않도록 조절하곤 하는 것을 보아 왔다.

또 그들은 자존심이 대단했다. 정준혁이 처음 교직에 들어올 때는 교사로서의 자질을 가진 사람이 드물어서 임용 시험도 없이 대학을 졸업하고 자격증만 있으면 무사통과였다. 그러나 지금은 사정이 다르다. 임용 시험에 재수 삼수는 보통이었다. 수십 대 일의 치열한 경쟁을 뚫고 들어온 그들이었다. 이름 하여 교원 고시를 통과한 인재들이다. 자기 과목에 관한 한 자부심도 대단하다.

술자리에서 가끔 정치나 역사 혹은 문학이나 예술에 관한 이야기가 나오면, 그 과목 전공 선생은 몸을 뒤로 젖히면서 눈을 아래로 내리깔고 애써 그 이야기를 무시하는 것이다. 자신의 과목에 관한 한 어느 누구도 감히 침범할 수 없다는 고고한 자존심을 가진 집단들임을 준혁은 잘 알고 있었다. 그들에게 뮤지컬과 같은 시답잖은 일을 조금이라도 맡기려 한다면, 그 즉시 교장과 교사의 관계가 험악하게 변할 것임을 준혁은 인정했다.

요즘 세상에 교장의 권위란 낙엽 같은 것이다. 학교 업무에서도 나이 차이라는 것은 찢어진 휴지에 불과하다. 자기 할 일은 자기가 하는 것이다. 결코 타인의 신세를 지거나 또는 자신의 일을 남에게 부탁하는 일은 금기로 생각하는 새로운 집단, 컴퓨터 전문가인 젊은 교사들이었다. 물론 예외는 있었다. 그러나 대부분 그랬다.

드러누운 지 3일째, 소식을 듣고 고교 동창이자 대학 동창인 친구가 찾아왔다. 시청 건설과장으로 정년퇴직한 친구였다. 이곳에 살고 있는 유일한 고교 동창이었다. 한 손에 검은 비닐봉투를 들었다.

"야, 이 친구야. 젊은 사람이 이렇게 벌렁 누워서 어쩌

자는 거야. 날도 좋은데 누워만 있으면 등창이 난다고.
힘 좀 내고 일어나서 술이나 한잔하지그래."

친구는 비닐봉투 속에서 양주병을 꺼내놓았다. 아내
는, 아픈 사람이 술 마실 수가 없다, 고 투덜대면서도
안주상을 차려 내놓았다. 준혁은 자리에서 일어나서 마
주 앉았다.

"웬일로 누추한 집을 방문하셨나? 그래, 백수로 노는
재미는 좋고?"

"흥. 그래도 난 반백수다. 마누라가 가게일로 바빠서
집안일은 내가 다 하니 그것도 직업이라면 직업이지. 그
래도 자넨 아직 2년도 넘게 남았지? 부럽네그려."

그는 술을 따라서 잔을 앞으로 밀었다. 준혁은 단숨에
들이켰다. 입맛이 없어서 종일 아무것도 먹지 못한 몸에
독주가 들어가자 속이 홧홧거렸다. 서로 주고받으면서
옛이야기를 안주 삼아 한 병을 다 마셔버렸다. 오랜만에
마시는 술이 내장 곳곳에 스며들자 세포 하나하나가 맹
렬히 살아 날뛰는 것 같았다. 가져온 술병이 바닥을 보이
자 준혁은 진열장 속에서 다시 양주 한 병을 꺼내들었다.

"기왕 마신 술인데 좀 취해보세. 술 취하기도 정말 오

랜만인데 마침 자네가 적절한 때 왔네."

"말 좀 하세나. 내가 요즘 이상한 얘기를 들어서 말이야. 아, 그렇게 나를 쏘아보지 말고……. 물론 자네도 내가 무슨 얘길 하려는지 짐작할 걸세. 그게 무슨 말인가? 자네가 그만둔다니?"

준혁은 깜짝 놀랐다. 예상도 못한 말이었다. 그러나 순간 머리가 휙 돌아갔다. 역시 그렇게 떠도는구나.

"자네가 무슨 얘길 들었는지 모르지만 나와 관련 없는 일이야. 당연히 정년을 마쳐야지 무슨 얘기야. 이상한 소문이 이 동네에 떠도는 모양이구만."

"그럼 됐어. 자네 말을 믿지. 하여튼 요즘 자네에 대한 소문이 무성하네. 등잔 밑이 어둡다고 자네는 아마 잘 모를 걸세. 그나저나 좀 자세한 이야기를 듣고 싶네. 나도 자네의 근황에 대해서는 좀 알아야 되지 않겠나? 내가 퇴직할 때 자네가 나에게 술을 퍼먹이면서 놀리던 그때처럼. 자, 어떻게 된 일인가? 뭐 뮤지컬인지 연극인지 뭔지 한다며?"

정준혁은 잠시 숨을 크게 마시고는 길게 내쉬었다. 지금까지 답답했던 가슴을 이 친구에게나마 풀어야 살겠다는 생각이 들었다. 내뱉어야 산다.

"그래. 자네에게 말하지. 그래야 나도 가슴에 멍이 풀릴 테니까. 도무지 답답해서…… 그게 말이야…….”

다시 한 잔 들이키고는 풀어놓기 시작했다. 새 학교에 부임해서 겪었던 지금까지의 모든 일과 느꼈던 생각, 가슴에 맺혔던 응어리들을 한 톨도 남김없이 풀어 버렸다. 그러자 가슴속에 새로운 기운이 들어오는 것을 느꼈다. 응어리가 사라지고, 그 자리에 차가운 기운이 살아 숨쉬고 있는 것 같았다. 몹시 취한 중에도 준혁은 다시 한 번 응어리를 살폈다. 미처 내뱉지 못한 찌꺼기 하나라도 붙어 있다면, 그것까지 깨끗하게 청소해 버리고 싶었다. 가슴속을 살피고 돌리고 뒤틀고 샅샅이 뒤집어 친구에게 몽땅 털어 버렸다. 친구는 술잔만 만지작거리면서 준혁의 이야기를 심각한 표정으로 들었다. 이야기가 다 끝나자, 친구는 천천히 술을 마시고 빈 잔에 술을 가득 따라 준혁에게 권했다. 준혁은 단숨에 마셨다. 잠시 침묵이 흐른 다음에 그는 준혁을 똑바로 바라보면서 말했다.

"잘 들었네. 그간 힘들었겠구먼그래. 원래 배운 놈이나 못 배운 놈이나 자기 하던 일을 누가 슬쩍 비틀거나 하면 개구리처럼 팔짝 뛴다니. 그게 세상일이라는 건 자네도 잘 알잖아. 그런데 말이야…… 내가 공직생활을 할 때 무슨 과 밥을 먹었는지 자네 알고 있나?"

"이 사람이 새삼스럽게 묻네. 평생 건설과에서 밥 먹으며 공사판 사장들 많이 등쳐먹었겠지. 흐흐. 왜? 어디 찔리는 데라도 있나?"

"그래, 많이 등쳐먹었다. 전에 네놈이 나한테 얻어먹은 술도 그런 술이 있었다는 걸 알고나 있어라. 그래 다 좋다. 좋고, 내가 건설과에서 평생 밥 먹은 건 분명한 일이지……. 내가 왜 이런 얘길 하려는가 하면, 자네 얘기와 비슷한 경험을 한 적이 있었기 때문이지. 단지 결과는 자네와 백팔십 도 달라. 내 얘길 들어보고 판단하게. 그때가 대략 삼십 년 전쯤일세. 거 왜 신시가지를 조성하고 도시계획이 한창일 때니 자네도 기억할 걸세. 지금 중앙로 거리를 조성할 때 일인데……."

그는 이야기는 풀어놓기 시작했다.

신시가지 조성에 군청—당시는 군 단위였다— 건설과가 주무부서여서 정신없이 뛸 때였다. 당시 시내에서 가장 넓은 길이 사람들이 흔히 말하는 중앙통의 이 차선

길이었다. 일제강점기부터 있었던 길이고 나머지 길도 그와 대동소이했다. 그래서 이곳 사람들의 생각에는 넓은 도로에 대한 인식이 사차선 정도의 수준에 머물러 있던 때였다. 그러한 때, 당시 승진이 동료들에 비해 빨라서 계장 자리에 있었던 나는 중앙로 도로 계획에 참여하게 되었는데, 모두들 당연히 사차선 도로를 준비하고 있었다. 당시 군청 최고위층의 지시가 내렸다고 했다. 30년 전에는 이곳에 자가용 차량이 그리 많지 않았다. 지금처럼 모든 가구가 차량을 소유하고 있는 광경을 당시로서는 상상할 수도 없는 일이었다. 모두들 사차선에 몰입할 때 나는 불쑥 육차선 도로를 주장하고 나섰다. 모두 펄쩍 뛰었다. 정신없는 소리라고 했다. 사차선도 얼마나 넓은 길인데 하물며 육차선 도로라니, 말이 되는 소리냐고. 사실 영동지방에서 육차선 도로는 눈을 씻고 봐도 찾을 수 없던 때였으니 사람들이 반대하는 것도 무리가 아니었다.

그러나 나는 확신이 있었다. 대학 시절에 외국의 풍물을 사진으로 접하면서 자연스럽게 차량과 도로의 상관관계를 무리 없이 이해하고 있었던 나는, 신시가지의 중앙에 놓일 중앙로만은 앞으로 몇 십 년 후의 미래를 생각하면 육차선이 적당하다고 강하게 주장했다. 과장은 나를 시건방진 놈으로 치부하고 눈길도 마주치려 하지 않았고, 과장의 눈치나 보고 살아가는 다른 동료들의 눈총 또한 감내하기 어려웠다. 그러나 포기하지 않았다.

내가 하도 밀어붙이니 누가 찔렀던 모양이었다. 부군수에게 불려갔다. 거기서 나는 외국의 사례를 설명하면서 미래의 도로에 대한 개념을 자세히 설명했으나 비아냥만 잔뜩 지고 돌아올 수밖에 없었다. 그러나 나는 포기하지 않았다. 당시 내가 삼십대 초반의 젊은이였다는 것이 그 이유에 한몫 했을 것이다. 과감하게 군수실을 찾아갔다. 무려 삼십 분이나 입이 마르도록 설명하고 외국 거리의 사진까지 보여주면서 설득을 했다. 결과는 성공이었다. 그렇게 해서 만들어진 것이 바로 지금의 중앙로 육차선 도로였다.

"자, 지금 상상해보게. 지금 시가지 중심을 관통하는 중앙로가 사차선이라면 상상이 되겠는가. 지금도 육차선 도로 양편으로 차량이 즐비하게 늘어서 있는 판일세. 남은 사차선도 좁아라 하고 차들이 다니고 있네. 만약 그때 사차선을 만들었다면 어떻게 될 뻔했는가.

내가 자네에게 왜 이런 옛날이야기를 하는지 짐작하겠지? 자네의 명석한 판단과 의지가 지금 필요한 때일세. 집구석에 누워서 현실을 회피할 요령이나 생각한다면 누가 길을 개척하겠는가. 자네가 추진하려는 뮤지컬은 과감하게 밀고 나가게. 내가 그 방면에 무식해서 잘은 모르겠지만, 아마 강원도에 있는 고등학교에서 뮤지컬을 하는 학교는 없을 걸세. 자네가 개척하지 않으면 이 촌놈의 강원도에서 누가 그런 일을 하겠는가.

일이란 반대가 있어야 추진할 수 있는 힘이 생기는 법일세. 또 선생들도 마찬가지지만, 봉급자들이란 한없이 편안함만 추구하는 게으름뱅이들의 집합체라는 걸 나는 삼십 몇 년의 공직 생활에서 절실하게 느꼈네. 전교생의 십 퍼센트가 동원되는 일에 어찌 반대가 없겠는가. 또 그 탄광촌 인간들이라는 게 원래 단합이 잘 되고 또 좁은 동네라, 소문에 소문을 얹고 씌워서 도깨비 형상으로 만드는 재주를 부리는 사람들이 많은데, 자네가 거기에 눌린다면 그건 자네가 아닐세. 만약 다 때려치우고 남은 기간에 봉급이나 받고 편안히 발 뻗고 지내다가 퇴직한다면, 그게 자넨가? 정말 그렇게 직장 생활의 마지막 하이라이트를 포기하고 살고 싶은가? 관습은 깨지라고 존재한다는 걸 내 입으로 말해야 하는가? 자네의 그 명석한 판단도 나이 먹으니 다 사라져 버렸나? 자, 우선 한 잔 마시고……. 커어 독하다, 이놈의 술이란 게 뭔지."

친구가 나간 후 준혁은 그냥 거실에 드러누웠다. 빈 속에 들어간 술이 온몸을 휘저었다. 몹시 어지러웠다. 아내가 냉수를 가져와서 권했다. 차가운 냉수가 들어가자 조금 정신이 들었다. 친구의 격려가 새삼스러웠다. 고마운 친구!

그렇겠다. 이대로 쓰러질 수는 없는 일이다. 친구 말이 맞겠다. 교직의 마지막 2년을 그렇게 맥없이 지낼 수는 없는 일이다. 학생들에게 해줄 수 있는 일이 대입 성적밖에 없다면, 그렇다면 포기할 수밖에 없을 저 길은 누가 밟을 것인가. 내 가슴속에서 얽히고설켜서 앞으로 수십 년 동안 발길을 거부한 잡초의 아우성을, 그 아우성을 앞으로 계속 들으면서 살아가야 한다는 사실은 정말 두려운 일이다. 아무도 가지 않는다면, 그렇다면 비록 허약한 다리일망정 내가 힘을 내어 절룩대면서라도 걸어가야겠다.

지금은 비록 거센 반발의 물결에 밀려 잠시 수면 아래에서 숨쉬고 있지만, 내 뜻에 동조할 선생들이 분명 몇명은 있을 것이다. 그들은 거부의 거친 물살에 밀려 잠시 머뭇거릴 뿐이지만, 진실한 도움의 손길을 내밀기만하면 묵은 잡초를 밟고 나갈 우직한 발길로 나와 같이걸어갈 것이다. 어찌 선생들뿐일까. 학부모들 중에서도분명 그 길에 동조할 분들이 있다. 사람이 어찌 백 퍼센트 완벽한 중론으로 나아갈 수 있단 말인가. 단지 그들도 흐름에 잠시 비껴나서 관망할 뿐일 것이다. 그들이수면 위로 솟아올라 새로운 물줄기를 형성한다면, 그렇다면, 밀고나갈 수 있겠다!

다음 날 정준혁은 임시 직원회의를 소집하고, 뮤지컬에 대한 전반적인 일을 자신이 직접 처리하겠다고 발표했다. 그리고 모든 문제는 교장인 자신이 책임지겠다는말도 덧붙였다. 모두들 놀란 표정이었으나 묵묵히 듣기만 했다.

"선생님들과 뮤지컬 문제에 대해 많은 이야기를 나누었습니다. 그리고 건설적인 의견도 나누었습니다. 저는 먼저 찬성이든 반대든 자신의 의견을 표출한 선생님들을 존경하고 싶습니다. 민주주의란 어떤 의견이 주어지면 그에 대한 정당한 대화를 서로 나눌 수 있어야 발전한다고 믿고 있습니다. 그런 의미에서 주로 반대의 의견을 말씀하신 선생님들에게 다시 감사의 말씀을 전합니다."

정준혁은 잠시 말을 끊었다.

"반대하는 요점은 모두 일곱 가지로 요약되었습니다. 그렇습니다. 그 의견은 정당합니다. 정확한 판단이라고 생각합니다. 사실 우리 학교는 인문계와 실업계가 혼용된 학교다 보니 여러 어려운 운영상의 문제점이 있었습니다. 또 인문계에 중점을 두고 지금까지 운영해 온 점도 인정하고 있습니다. 쇠락해 가는 탄광촌의 문제점도 심각합니다.

자, 선생님들께 다시 말씀드립니다. 어려움이란 무엇입니까? 어렵다는 그 실체가 무엇입니까? 혹시 우리들의 머릿속에 잠겨 있는 그 어려움의 실체를 제대로 살펴

보지도 못하고, 막연히 회피하려고 하는 마음이 먼저 튀어나오지나 않았습니까? 아, 이 말이 뮤지컬에 반대하는 분들에 대한 저의 반발이라고 생각하신다면 저는 유감스럽다고 생각할 수밖에 없습니다. 절대로 그런 의미에서 말하는 것이 아니라는 점을 다시 말씀드립니다. 어렵다면, 그렇다면 우리는 그 어려움의 실체를 극복하고자 하는 작은 의지마저 포기해야 하는 것입니까? 저는 그렇게 생각하지 않습니다.

저는 교직 생활이 겨우 2년밖에 남지 않았습니다. 날수로 칠백 일 정도 남았습니다. 그 사이에 선생님들과 편안히 지낼 수도 있습니다. 성적 향상에 올인할 수도 있습니다. 이 모두 교육적이고 지극히 정상적인 활동이 분명합니다. 그렇다면 예능 면으로 정상적인 활동을 한다면, 그것이 비교육적인 활동으로 비춰질까요? 전 그렇다고 생각하지 않습니다. 물론 우리 학교는 성적이 낮고 교육 환경도 좋지 않습니다. 인원도 적습니다. 모든 것이 불리한 입장에 있습니다. 이러한 환경에서 어느 누구도 시도해보지 않은 예능 분야에 발을 내민다는 것은 분명 모험이며, 선생님들이 지적하신 여러 어려움에 봉

착되리라고 생각합니다.

강원도 고교에서 단순한 연극부는 많이 있지만 그것보다 종합적인 성격이 강한 뮤지컬에 대해서는 지금까지 어느 학교에서도 시도해본 적이 없었습니다. 정말로 전인미답의 경지인 것입니다. 새로운 일이 생기면 작은 부스러기 같은 귀찮은 일이 선생님 개인에게 다가갈 수도 있겠지요. 그러나 미지의 세계가 앞에 놓여 있는데 회피하는 것만이 우리가 갈 길이겠습니까? 프로스트 시 중에 '가지 않은 길'이란 시가 있습니다. 그 길이 험하다고 가지 않는다면 결국 우리는 한 쪽을 포기하는 삶을 사는 것과 같다고 저는 믿고 있습니다. 하지 않으면 우리는 편안합니다. 그런데 예부터 전해 오는 학교의 업무가 우리들의 길이였다면, 그 길에서 잠시 다른 길을 바라볼 수 있는 용기조차 없다면, 장차 저 학생들의 미래는 어떻게 되겠습니까? 도전해서 실패의 쓴맛을 경험한 자만이 장차 승리도 맛볼 수 있다고 저는 생각합니다.

사람이란 미약한 존재라는 말을 떠올립니다. 미약한 존재인 사람들은 과거의 인습과 가치관에 의탁하여 새로움을 추구하는 주체성을 잃어버리고, 비겁하게 그 속에 숨어 버리는 버릇이 있다는 점도 인정하지만, 저는 선생으로서 그것을 인정할 수는 없습니다.

여러 선생님께 정중하게 말씀드립니다. 뮤지컬에 관한 한 모든 일은 제가 직접 처리하겠습니다. 선생님들에게 돌아가는 불편은 최소화하겠다는 약속을 드립니다. 그리고 문제가 생기면 모든 것을 제가 책임지겠습니다. 이 점은 확실합니다. 선생님들의 넓은 이해를 바랍니다.

그리고 학부모님들을 설득하는 문제도 물론 제가 책임지고 설득하겠습니다. 만약 설득이 안 된다면, 이 직에서 물러나겠습니다."

말이 좀 심했다는 생각이 들었다. 마지막에 '물러나겠다'는 말은 자신이 생각해도 확연하지 않았다. 다른 학교로 전근 가겠다는 것인지, 아예 사직하고 학교를 떠나겠다는 것인지.

그날 오후였다. 교무부장과 학생부장이 들어와서 교장 선생님의 뜻과 같이 하겠다는 의사를 나타냈다. 그밖에 몇몇 선생님들도 같이 일해 보겠다는 뜻을 전하는 말도 덧붙였다. 학교 내에서의 반발을 누그러뜨린 후, 그날 저녁에 학부모 대표들을 음식점으로 초대하고 자세한 계획을 말했다. 진학문제와 학교 폭력에 대하여, 부적응 학생들을 적절하게 지도할 수 있는 교육적인 방법에 대해 준혁은 간절하게 말했다. 설득의 시간은 길었다. 저녁부터 밤 열 시가 되어서야 끝났다. 역시 뒷말은 잊지 않았다.

"이 일 때문에 학력이 떨어져서 진학률이 예전과 같이 않다면 제가 사직서를 내겠습니다. 이 말을 확실하게 여러 학부모님들 앞에 말씀드립니다. 자신 있습니다. 분명 성공할 겁니다."

그리고 한 해가 지나갔다.

6. 곰의 일기

장엄한 태백준령 위로 붉은 태양이 떠오를 때
영광의 산업전사 이름으로 우리는 일터로 향한다.
우리 이름은 산업전사 나라 일으키는 산업전사
고난과 역경 우리 앞길 막아도 불굴의 정신으로 나아간다.

막장의 열기 속에 연연히 이어지는 우리네 얼
오늘에 이어받아 힘차게 드높이자 전사의 정신
일어나라 전사들아 손에 손잡고 함께 나아가자
자랑스러운 불굴의 정신 우리는 애국하는 산업전사

체육관 한 쪽 구석에서는 음악선생의 피아노 반주에 따라 '광부들의 노래'를 연습하는 학생들의 우렁찬 목소리가 울려 퍼지고 있다. 다른 쪽에서는 짧은 교복치마를 입은 여학생들이 안무 선생의 지시로 춤을 연습하고 있는 중이다. 늦봄 오후라 밖은 뜨거운 햇빛에 이글대지만 오래 된 플라타너스로 둘러싸인 체육관 안은 시원했다.

한 쪽 구석에서는 곰이란 별명의 뮤지컬 감독인 오형식이 학생들이 볼 수 없는 탁구대 뒤에서 담배를 피우고 있다. 학생들은 한창 연기연습 중이다. 한 대를 맛있게 다 피운 곰에게 대사를 외우고 있던 김정현이 다가와서 옆구리를 쿡 찌르며 놀린다.

"선생니임, 실내에서는 금연이란 걸 모르세요? 파출소에 신고할 거예요."

"뭐라, 신고오? 오냐, 신고해라 요놈아. 내 망하는 꼬라지를 봐야 네 속이 아주 씨원하겠지?"

"어머, 쌤. 제가 얼마나 쌤을 사랑하는데 섭섭하게도 그런 말씀하세요? 신고는 그냥 해본 말이고요, 그럼 신고 안 할 테니 날도 더운데 우리 아이스크림 하나씩만, 안 될까요?"

옆에 있던 최미나가 맞장구쳤다.

"맞아요. 정현이는 쌤이 없으면 못 사는 애라구요. 정말이에요. 그리고 쌤 담배 피는 모습은 매력 만점! 그런데 우리 정말 더워서 못 살겠어요. 제가 사 올까요? 쌤이 우리를 사랑하는 마음을 듬뿍 담아서 먹을 테니까요. 그런데 문제는 주머니가 터엉 텅!"

"하, 이 귀신들. 뒷산 귀신들은 다 뭘 먹고 사나. 너들은 그저 내가 돈주머니로만 보이지? 자알 들어라. 이 귀신들아. 나도 내 집이 워낙 가난해서 둘이나 있던 요리사 중 하나를 어제 내보냈다. 사냥개가 일곱 마리나 있었는데 고기를 댈 수 없어서 할 수 없이 다섯 마리를 팔아버렸다. 정원사도 둘을 썼는데 아마 내보내야 할 것 같다. 내가 직접 잔디를 깎는 수밖에. 이렇게 나는 가난하다. 알아듣겠냐?"

"어마마, 불쌍하셔라, 사랑하는 우리 쌤이 그렇게도 가난한 줄은 예전에 미처 몰랐어요. 정말 불쌍하시다. 그럼 우리가 대신 아이스크림 사다 드릴까요?"

"애는. 그래도 쌤은 우리 집보다 더 부자신데 뭐. 쌤. 우리 집은 마지막 사냥개와 정원사, 요리사를 몽땅 어제 내보내고 오늘은 제가 직접 컵라면 끓여 먹고 왔죠. 그러니 전 쌤보다 더 불쌍한 존재죠. 아, 왜 항상 내 인생은 그저 잡지의 표지처럼 통속할까 몰라."

학생들은 항상 선생보다 한 수 위였다. 성적은 하위에 머무는 애들, 공부라면 모두 고개를 설레설레 흔드는 것들이 이런 데서는 펄펄 나니 원. 두 학생들을 보면서 그들의 톡톡 튀는 말재주가 성적과 연결되지 않는 것이 신기하다는 생각을 했다. 이때 안무 선생이 끼어들었다.

"아무래도 오 선생님이 져야 할 것 같네요. 국민이 원하는데 대통령도 어쩔 수가 없겠는데요."

"이젠 박 선생까지 덤벼드니 난 죽을 수밖에 없는 팔자가. 가난한 집에서 몇 십 명 아이들 목구멍까지 책임져야 하니 앞이 캄캄하네요. 좋습니다. 하드 한 개씩 돌려봅시다."

"역시 우리 쌤 멋쟁이셔!"

정현이와 미나는 서로 손바닥을 부딪치면서 깔깔대고 웃었다. 형식은 오만 원을 꺼내 정현이에게 주고 밖으로 나왔다.

오후 시간이라 약간 서쪽으로 기울어진 해가 체육관

입구를 정면으로 쏘아대고 있었다. 형식은 플라타너스 밑 벤치에 앉아 다시 담배를 꺼내 물었다. 시간이 그리 넉넉지 않았다. 한 달 뒤 학교 체육관에서 주민들에게 먼저 선을 보이고, 십일월에는 삼척문화예술회관에서 시민들과 학생들을 대상으로 공연이 있을 예정이었다. 그냥 전에 하던 대로 4막까지만 공연하는 것이 아니라 이번에는 8막까지 전편을 공연해야 했다. 한 달 후 도계 공연은, 엄밀히 말하면 지금까지의 4막에서 벗어나 8막 전편을 공연하는 총연습인 셈이다. 여기서 장단점을 메우고 깁고 발전시켜 삼척 시내에서 겨울 공연을 성공시킬 계획이었다. 시간이 넉넉지 않았다. 각 사회단체와 인근 학교에 초청장도 보내야 된다. 체육관 안에서는 계속 노래 연습 중이었다. 철조망 결성 노랫소리와 뺏지 결성의 노랫소리가 경쾌하게 들렸다. 프로덕션 넘버에 해당하는 중요한 노래였다.

가까이 오지 마. 가까이 오지 마. 우리는 철조망 철조망이야 가까이 오면 찔리고 찢어져. 무참히 밟히고 다칠 뿐이야. 너희를 위해 경고하니 건성으로 듣지 말아라.

후회하면 때는 늦으리.

도망가라 도망가 후회할 짓 말아라

목숨이 아까우면 몸조심하여라

철조망을 끊기 위해 태어난 빼지의 사나이다

우리의 빼지 앞에서 철조망은 한갓 거미줄이다.

우리의 밴지로 몽당몽당 잘라서 잃어버린 엿맛을 보겠다.

우리는 도전하는 용맹한 빼지의 전사이다

우리의 빼지 앞에서 철조망은 한갓 고물 철사다

    사회 주먹 패인 철조망과 학생 조직인 빼지의 노래는 가사에 맞게 빠르고 경쾌하게 들렸다.

    그러나 그것보다 더 중요한 부분이 연기와 대사 연습이었다. 전보다 많이 좋아졌지만 세밀한 연기가 부족했다. 또 요즘 학생들이 평소 대화에서 매우 빠르게 말을 하는 버릇이 실재 연습에서 그대로 나타났다. 대사 전달이 안 된다면 그건 뮤지컬이 아니다. 아무리 잔소리를 해도 평소의 버릇이 쉽게 고쳐지지 않았다. 그리고 배경 그림도 손볼 필요가 있었다. 더 리얼하게 전달되도록 하려면 학생들의 연기력만으로는 뭔가 부족했다. 광산촌의 어려움과 막장에서 채탄하는 광부의 고된 노동을 어떻게 적절하게 연기하느냐도 중요한 요소였다. 더구나 두 남녀의 사랑의 앙상블이 정확하게 전달되지 않는 문제점도 아직 해결하지 못한 채였다. 형식은 깊게 연기를 들이키고는 천천해 내뿜으면서 벤치에 드러누웠다.

생각하면 지난 일 년은 참 막막한 시간이었다. 교장의 정열적이고도 간절한 호소에 마음을 던진 이래 밤 11시 이전에 집으로 들어간 적이 거의 없었다. 같이 손잡은 동료가 교무와 학생부장, 그리고 다섯 명의 교사가 더 힘을 모았다. 모두 여덟 명이었다. 술도 위장이 상할 정도로 많이 마셨다. 밤 10시에 연습이 끝나면 동료들은 자연스럽게 술집으로 향했다. 거기서 서로의 의견 교환이 이루어졌다. 시작에서 가장 어려웠던 점, 바로 부원 모집이었다. 선생이나 학생 모두 뮤지컬이 뭔지도 모르는 상황에서 부원을 모집한다는 것 자체가 얼마나 무모한 일이었던가.

작년 9월 처음으로 부원 모집 공고를 냈을 때, 정식으로 단 한 명이 지원했었다. 그것도 성적이 전교 최하위에 속하는 남학생이었다. 지원 이유는 간단했다. 수업받기 싫어서. 더 이상 지원자는 없었다. 교장 선생님께 보고를 드릴 수도 없는 문제였다. 지원자를 강제로 모집할 성질이 아니었다. 적어도 약간의 의지와 소질이 있는 학생이라야 배우로서 최소한의 연기력이라도 나올 것이 아닌가. 여럿이 모여서 의논을 해 봐도 뾰족한 수가 나오지 않았다. 참가하는 선생들이 수업 중에 가끔 뮤지컬 부원 모집에 대한 대강을 설명하기도 했지만 더 이상의 지원자는 없었다. 시골 학생들이라 그런지 뮤지컬이란 예술에 대한 관심 자체가 없었다. 아무리 설명을 해도 듣는 둥 마는 둥이었다.

그로부터 며칠 후였다. 밤늦게 서류를 정리하고 혼자 교문을 나설 때 불쑥 한 학생이 앞으로 다가왔다. 청심회 회원으로 친구들과 함께 갖은 비행을 다 저지르고 다니던 2학년 이근식이었다. 그는 귀를 덮을 정도로 내려오는 긴 머리칼을 쓸어 넘기면서 다짜고짜 부원으로 들어오겠다고 했다. 순간 형식은 당황했다. 부원의 조건이 특별히 정해진 바는 없었지만, 이런 학생이 들어온다고 자청하자 어떻게 처리해야 할지 판단이 서지 않았다.

잠시 생각을 굴린 형식은 근식이를 데리고 도심에서 멀리 떨어진 식당으로 데리고 갔다. 그 사이에 형식의 머릿속은 계속 돌아갔다. 앉자마자 사이다와 소주 두 병과 두부안주를 시켰다.

"너, 뮤지컬 부원이 되고 싶다는 말, 진심이야?"

"네, 진심입니다."

근식이는 낮고 굵은 음성으로 짧게 대답했다. 술이 나오자 근식이는 먼저 술잔을 형식 앞에 놓고 무릎을 꿇으면서 공손하게 따랐다. 익숙한 솜씨였다.

"이 녀석, 술 따르는 솜씨가 제법이네? 좋아, 오늘 내 한잔 해야겠다. 너 평소에 나하고는 별로 친하지 않았지."

"선생님이 학생들을 좀 무섭게 대해 주셔서 저희들이 쉽게 가까이 갈 수 없었습니다. 수업은 재밌는데요. 전 선생님 수업 시간에는 그래도 잠은 안 잤습니다. 선생님도 아시지요?"

형식은 알고 있었다. 다른 수업 시간에는 수시로 밖으로 들락거리는 놈이었다. 그래서 처음 부임한 선생들을 아주 곤혹스럽게 만든 장본인이라는 것도. 형식의 과학 수업시간에는 웬일인지 조용한 편이었음도 알고 있었다. 술이 몇 잔 들어가고 형식의 마음이 어느 정도 정리가 되자 형식은 근식이를 똑바로 보면서 말했다.

"너, 술 좀 할 줄 알지? 오늘 내가 주는 술만 마시고 다른 데서는 더 이상 마시지 말아야 한다. 이건 너와 나의 약속이다. 내 말, 이해하겠어?"

"알겠습니다. 반드시 지키겠습니다. 믿어도 됩니다, 선생님."

근식이의 말은 서근서근했다. 그는 앞에 놓인 술을 몸을 돌려 홀쩍 마시고 공손히 앞에다 술을 따랐다. 그리고 형식을 쳐다보며 말했다.

"갑자기 뮤지컬 부원이 되고 싶었던 건 아닙니다, 선생님. 부원 모집 공고가 났을 때 전 무조건 들어가고 싶었습니다. 뭔지는 모르겠지만 그런 걸 하고 싶었어요. 사실 수업은 원래부터 재미없었고, 딱딱한 의자에 앉아서 선생님들한테 욕만 먹기도 지겹습니다. 오후 수업시간에는 정말 죽을 지경인 거, 선생님도 아실 겁니다. 아무 대학이나 원서만 내면 다 들어갈 수 있는데, 답답한 교실에 처박혀 앉아 있는 게 정말 고역입니다. 2학년을 만날 이렇게 지내기도 재미없고요. 그래서 이런 생각을 하게 됐습니다. 이건 저 혼자만의 생각이 아니라 3학년 선배들 의견도 들었습니다. 선배들도 들어오겠다던데요? 우리 학교에서 이삼십 명 정도 데리고 올 자신이 있습니다. 괜찮겠습니까? 여학생도 십 명 정도 들어올 수 있습니다."

"어, 뭐라?"

오형식은 갑자기 막막해졌다. 이건 보통 일이 아니었다. 이 녀석이 데려온다는 놈들은 분명 자기와 같이 놀던 놈들일 것이고 3학년도 낀다면, 그렇다면 뮤지컬 부원들은 몽땅 청심회 단원들로 거의 메워진다는 기막힌 일이 벌어지는 것이다. 청심회 단원이 18명이고, 같이 들어올 여학생이란 것도 짐작컨대 그놈들의 여친이나 뭐 그러그런 사이의 애들일 것이 분명했다.

"선생님. 전 학교생활이 정말 재미없습니다. 사실 선생님도 아시다시피 사고도 많이 쳤습니다. 그런데 이번에 학교에서 뮤지컬을 시작한다고 할 때, 바로 이거다, 라는 생각이 들었습니다. 잘하고 못하는 건 나중의 일이고, 그냥 열심히 몸을 던질 곳이 있다는 것만으로도 저는 앞으로의 학교생활을 잘할 수 있을 것 같습니다. 친구들이나 후배들과 의논도 했는데, 모두 찬성했습니다. 괜찮겠습니까? 다른 선생님들은 모르겠는데 선생님만 허락하면 가능할 것 같다는 생각이 듭니다. 만약에 우리가 들어갈 수만 있다면 친구들의 행동은 제가 책임지고 사고 없이 이끌겠습니다. 학교생활에서도 문제를 일으키지 않도록 제가 나서겠습니다. 3학년 선배들은 원래 사고는 치지 않았잖아요. 아이들 단속 같은 거, 그런 건 자신 있어요."

"야, 이 문제는 내가 단독으로 처리할 문제가 아니야. 비록 내가 앞장은 서고 있지만 도와주는 여러 선생님들의 의견도 들어야 하고, 특히 교장 선생님의 결정이 가장 중요한 거야. 그러니 당장 이 자리에서 이거다 저거다 할 수는 없는 일이야. 알아듣겠나?"

"잘 알겠습니다. 그렇지만 아이들과 이야기를 나눠보니 곰 선생님 의견이 가장 힘 있다고 하던데요? 저도 그렇게 생각하고 있는데."

"어라, 이놈 보게. 뭐, 곰 선생? 우하하하하…… 그래. 나는 곰이다. 그러니 빨빨리 술이나 부어라."

근식은 죄송하다는 듯 머리를 긁었다. 그때 그의 표정은 청심회 멤버답지 않은 맑고 여린 학생의 모습이었다. 그 모습을 보며 형식은 머리를 빠르게 회전시켰다.

청심회 애들이라…… 달건이패들이 들어온다. 그것도 몽땅!

그러자 형식의 머릿속에서 먹구름 낀 하늘 틈으로 희미한 빛의 우수리 하나가 보일 것 같은 느낌이 솟아올랐다.

뺀지와 철조망. 뮤지컬 제목이다. 내용이 바로 그렇잖은가. 철조망이란 사회 주먹 패와 그에 상대하는 학생 주먹 패 뺀지와의 싸움과 우정, 그리고 사랑과 비폭력주의, 가족 사랑…… 가능성이 없는 건 아니다. 이놈들의 행동이 철조망이나 뺀지의 등장인물과 대동소이하다는. 이놈들이 평소 하는 짓거리도 바로 그런 게 아닌가. 또 이런 놈들이라고 연기력이 없다고 단정할 필요도 없다. 탤런트나 배우 중에 주먹 패 출신도 많지 않은가. 요즘 드라마에서 한창 뜨고 있는 백성진이나 김기훈 같은 배우도 따지고 보면 건달 출신이 아닌가.

그리고 또 있다. 만날 학교에서 사고나 치는 놈들, 수업 시간에 분위기만 잡아먹는 놈들을 한곳에 몰아넣고

취미활동으로 뮤지컬을 시킨다? 그러면 면학 분위기도 좋아질 것이 아닌가. 공부와는 거리가 먼 녀석들. 대학은 어차피 내신으로 가는 것이다. 요즘은 개나 소나 다 대학은 갈 수 있는 세상이다. 혹시 알 수 없는 일. 소질과 재능이 드러나면 장차 그 길로 가는 놈이 없으리라고 단정할 수 있을까. 사람 팔자 알 수 없는 일이다. 다루기 힘들다는 것이 단점이긴 하지만, 이런 놈들은 이런 놈들대로 지도하는 방법은 따로 있다. 나 역시 고등학교 때 소위 범생은 아니었잖은가. 싸움으로 두 번이나 정학을 맞은 적도 있었다. 포지티브적인 사고가 필요할 때도 있는 것이다. 그렇다면……

"술이나 좀 빨리 부어라 이 녀석아. 네 마음은 내가 기억해두겠다."

세 병을 다 비우고서야 일어났다. 반씩 나눠 마셨는데 녀석은 마신 기척도 없었다.

그날 밤, 녀석과 헤어지고는 본격적인 소나기술 행각이 시작되었다. 학생들에게 곰이란 별명으로 불리게 된 가장 큰 이유가 형식의 끝 모를 주량과 큰 덩치에 있었다. 이미 이곳 동네에서 소문난 주량이어서 웬만한 주점에서 형식을 모르는 주인이 없었다. 술에서는 이심전심으로 통하는 권영운 선생을 불러내어 뮤지컬 부원에 대한 이야기를 시작으로 술집을 전전하다가 마지막으로는 쌍과붓집 이야기에서 겨우 그쳤다. 그래도 술자리가 일찍 끝을 본 날이었다. 겨우 밤 열두 시 정도에서 하루의 일과가 끝났으니까.

다음 날 교장실에서 여러 선생들이 모여 뮤지컬 부원 모집에 대한 심각한 의견 교환이 있었다. 교감과 몇 선생들은 반대했지만 오형식이 조건부 찬성으로 분위기를 이어갔다. 그들을 부원으로 뽑았을 때의 긍정적인 면을 어제 생각했던 대로 전했다. 그들을 받아들이고, 지원하는 다른 학생들이 있으면 같이 활동하도록 하는 것이 좋겠다는 형식의 의견이 통과되었다. 단 청심회 학생들이 엉뚱한 짓을 하거나 심각한 학교 교칙을 어기는 경우에는 즉시 제명한다는 말도 덧붙였다.

일주일 후에 부원 결정을 마쳤다. 청심회 13명, 다른 학생 18명, 도합 31명으로 구성되었다. 남학생이 20명, 여학생이 11명이었다.

그리고 감독 선임 문제가 나왔다. 교장은 잠시 생각하

다가,

"이건 심각한데, 달건이들이 몽땅 들어왔으니 이것들
을 꽉 잡아 돌릴 인물이 필요한데…… 한 사람 있긴 있
군. 아주 적당해!"

오형식 선생을 가만히 쳐다보았다. 웃음을 띠면서.

7. 보여주기

"이거, 공연 시간이 다 돼 가는데 도대체 이놈들이 어디로 간 거야? 일곱 시가 사십 분밖에 안 남았는데. 참 속 썩이네."

교장 얼굴에서 짜증과 답답증이 흘러내렸다. 사십 분 후에 공연을 시작해야 하는데도 주로 3학년들인 주역들 다섯 명이 아직 나타나지 않았다. 부원들에게 물어봐도 모른다는 대답이었다. 답답한 형식이 버럭 성을 냈다

"참내, 이 짜석들이 도대체 어딜 간 거야. 가면 간다고 말을 해야 될 것 아냐. 에이 빌어먹을 쌔끼들."

"곧 오겠지요. 이놈들이 저녁 먹고 한 대 빨러 간 게 아닙니까? 기다려보지요. 설마…… 공칠 놈들은 아니잖습니까? 평소 열심히 준비한 것도 있는데."

홍민수가 옆에서 조용히 말했다. 홍민수는 이 학교에 부임한 후 처음으로 관람하게 되어 작은 흥분이 일었다. 학생들의 연기와 배우들의 동선에도 관심이 있었지만 전에 교무실 책상에서 계속 들었던 노래의 수준에 대한 기대감이 더 컸다. 이런 생각으로 교장과 같이 미리 들어와 있는데 주역 배우들이 아직 오지 않았다는 것이다. 민수는 오는 도중에 그들을 봤다고 말할 수가 없었다. 좀 답답했지만 그냥 기다리기로 했다. 오늘밤 어떤 모습으로 그들이 다가올 것인지.

작년 가을 학기에 부임한 후 비가 스멀스멀 내리는 어느 날이었다. 하교할 무렵이었는데 수업이 없어서 한가하게 3층 교무실에서 책을 읽고 있던 민수는 옆 음악실에서 남학생이 선생님의 피아노 반주에 맞춰 독창을 하고 있는 것을 들었다. 무심히 듣다가 점점 그 독창에 빠져들었다. 처음에는 외국 음악이거니 했는데 차츰 귀를 열어보니 우리나라 가곡 같기도 했다. 그 노래는 때

마침 내리는 가을비 속에서 민수의 가슴을 무겁게 짓누르면서, 잃어버린 과거의 아련한 슬픔을 망각의 상자 속에서 곱게 곱게 들추어내었다. 음악 선생이 몇 번 틀린 부분을 교정시켜 주는 기색도 있었지만, 남학생의 독창은 참으로 독특한 곡이라는 것을 알아차렸다. 가곡은 분명 아니었다. 노래 실력도 만만치 않았다. 가르치는 선생의 선창에 따라 부르는 남학생의 노래는 내리는 빗줄기 속을 뚫고 운동장을 건너 마을 전체로 웅장하면서도 맑게 퍼져가고 있는 듯이 느껴졌다. 교실 사이의 틈을 비집고 전해 오는 노래는 빗소리의 파장과 어울려 절망과 희망의 기묘한 혼합물로 뒤섞여 꿈틀거리면서 민수의 심장으로 끊임없이 밀려들고 있었다. 도저히 그 자리에 앉아 있을 수가 없었다.

민수는 슬며시 일어나서 음악실 문을 살짝 열고 안을 들여다보았다. 헌칠한 학생이 음악 선생 옆에서 지도를 받으면서 노래하고 있었다. 음악 선생은 민수를 보고 가볍게 고개를 숙이고는 다시 지도에 열심이었다. 민수는 그들을 방해하기 싫어서 잠시 나갔다가 노래가 끝나자마자 그 곡명을 물어보았다. 뮤지컬 중 '자식은 나의 힘'

이라고 알려주었다. 민수는 속으로 놀랐다. 그때까지 뮤지컬의 내용에 대해 관심을 접어두었던 민수였지만, 독창의 수준이 보통이 아님을 확인하고 은근히 뮤지컬에 대한 관심을 높여 왔었다.

5분이 지나도록 아직도 그들이 도착하지 않자, 민수는 당황하기 시작했다. 모두 공연장에 와있어야 할 시간이었다. 좀 전에 민수가 시내에서 저녁을 먹고 승용차로 돌아오는 중, 그들 여럿이 냇가 옆 장로교회 뒷골목으로 들어가는 것을 목격했기 때문이었다. 민수는 그들이 숨어서 담배를 피우러 가는 것이거니 여겼지만, 지금까지 오지 않자 어떤 불안감이 슬며시 고개를 들었다. 지금쯤이면 공연 장소에서 대사를 외우거나, 분장을 하거나, 자신 없는 연기에 대한 마지막 연습을 충실히 해야 하는 것이 정상일 텐데, 아직까지 나타나지도 않는다는 것은 이해할 수 없었다.

민수는 체육관에서 슬며시 빠져나와 승용차를 타고 그들이 사라진 곳으로 갔다. 교회 앞길에 차를 세우고 뒷골목으로 걸어가서 냇가를 살폈다. 어둠이 내리기 시작하는 냇가에는 물소리 외에는 아무도 없었다. 점점 불안해졌다. 이들이 학교에 대한 어떤 불만을 이런 식으로 나타낸다고는 생각할 수는 없지만, 그래도 많은 주민들 앞에서 불미스러운 일이 생길지도 모른다는 불안한 생각이 머릿속을 날아다녔다.

냇가 옆을 돌아 교회 뒷골목을 다시 살피면서 여자중학교 담장이 꺾어지는 곳에 왔을 때, 담장 안쪽에서 무겁고 날카롭게 퍼지는 소리가 났다. 분명히 한두 명이 내는 소리가 아니었다. 여럿이 모여 서로 윽박지르는 비명에 가까운 소리였다. 민수는 발소리를 죽이면서 그쪽으로 다가가서 살폈다. 냇가 쪽으로 쌓아올린 담장 부분이 한 뼘 정도 갈라진 틈으로 얼굴을 바짝 붙이고 안을 살피자, 키 큰 향나무 뒤편에서 한 무리의 젊은이들이 모여 있었다. 척 봐도 분위기가 심상치 않음을 알 수 있었다. 바람이 그쪽에서 민수 쪽으로 불어오는 탓에 그들의 대화를 충분히 들을 수 있었다. 우리 학교 학생들이 다섯 명이고 점퍼 차림의 청년들이 네 명 정도로 보였는데, 그 청년들의 기세당당한 모습과는 반대로 우리 학생들은 고개를 밑으로 내리깔고 죄진 놈처럼 서 있는 게 보였다.

"……이 쌍노므 새끼들이 우리 애를 건든 것도 모자라서 돈까지 털었다 이거 아냐. 이 도계 촌노므 새끼들이 눈깔이 확 뒤집혔구나. 도대체 너들 눈깔엔 선후배도 없어? 이거 어떻게 해줘야 눈깔이 팍팍 돌아오나. 야 이 새꺄, 주둥이가 폼으로 달렸냐, 대답을 해. 쥑일노므 새끼 같으니."

말이 마침과 동시에 보스의 주먹이 거푸 한 학생의 얼굴에 그대로 꽂혔다. 뒤로 넘어지는 몸을 그 뒤에 서 있던 학생들이 바로 세웠다. 욕설과 주먹 앞에서 모두 병든 병아리처럼 떨고만 있는 듯했다. 맞는 학생을 자세히 보니 차병호였다. 바로 뒤에 서서 고개를 떨구고 있는 학생 네 명은 다 뮤지컬 멤버였다.

"도대체 이 고삐리들이 겁대가리를 다 시궁창에다 처박아버렸나. 이 새끼들 눈깔을 빼다가 회로 처먹을까 보다. 야 이 새끼들아. 도대체 느들 눈깔이 제대로 달린 거야? 느들 눈깔은 가죽이 짧아서 뚫어 논 줄 알아?"

이때였다. 맞고 있던 병호가 한 발 앞으로 나서더니 보스 앞에 무릎을 꿇고 고개를 푹 숙였다.

"형님, 죄송합니다. 죽을죄를 졌습니다. 우리가 형님

후배 분을 알아보지 못한 점, 정말 죄송합니다. 오늘, 제가 몸을 내놓겠습니다. 형님이 저를 죽이든 살리든 형님 뜻대로 하십시오. 모든 건 제가 잘못해서 생긴 일입니다. 단지 친구들은 용서해주십시오. 모든 벌은 제가 다 받겠습니다. 형님. 저희들도 이곳 선배님들을 깍듯이 모시고 있습니다. 단지 그때 저희들이 눈이 어두웠습니다. 하여튼 저의 잘못입니다. 저, 형님 앞에서 죄를 받겠습니다."

짧은 시간이 흘렀다. 청년 보스는 아래로 잠잠히 보고만 있었다. 민수는 속이 타올랐다. 인제 공연 시간이 이십여 분 정도밖에 남지 않았을 것이라는 조급함에 절로 손이 꼭 오므라졌다. 이런 상황에서 선생인 민수가 할 일이 없었다. 그저 조용히 바라보고 있을 수밖에 무엇을 할 수 있을 것인가. 어지러운 머리가 정리되지 않았다. 또 뛰어나가서 그들을 말릴 때도 아니었다. 지금은 이 일이 어떻게 펼쳐지는지 살피고 있어야 좋을 것 같았다. 잠시 말없이 아래를 물끄러미 보고 있던 보스는 병호의 머리를 툭툭 치면서 말했다.

"하여튼 마빡에 쥐똥도 안 베껴진 고삐리 새끼들이

눈깔에 껌쪼가리 붙었나 눈에 뵈는 게 없지? 허, 요 새끼들. 뼁아리 장닭 흉내 내다가 개골창에 처박힌다는데 꼭 그 꼬라질세…… 내가 여기까지 내려온 성질로는 너 새끼들을 아주 박살 내놓아야 속이 시원하겠지만, ……좋다. 원래 내가 그 다음날에 내려와서 너희들을 다 잡으려했지만 바빠서 못 온 게 너들로서는 다행으로 알아! 오늘은 마침 이곳 일이 생겨서 지금 떠나야겠다. 너들 정말 오늘 운빨 터졌다!

그리고 또 직접 너들을 보니, 앞으로 클 놈들이라 내가 많이 참는다. 야, 짜식들, 내가 오죽 했으면 너들 같은 고삐리들에게 이러고 있겠냐? 엉? 하여간 내일 다시 만나서 얘길 하겠다. 오늘은 바쁜 일 때문에 이곳 일을 보고 그냥 태백으로 올라간다. 단, 너희 다섯 놈들은 내일 저녁 태백에 올라와서 신고해야 한다. 이미 너들 전번 정도는 다 알고 있어. 알아들었냐? 구체적인 일은 애들이 전화로 알릴 거다."

보스는 담배를 꺼내 불을 붙이고는 깊게 빨고 천천히 하늘로 연기를 쏘아 올렸다. 그리고는 아래로 무릎 꿇고 있는 병호를 내려다보았다.

"…… 흐음. 근데 너 이 새끼, 이런 촌구석에서 그래도 쓸 만한 놈 같구나. 제법 의리도 살아있고 말야. 좋아. 그냥 간다. 너희들, 내 앞에서 지금 당장 발자국 소리도 안 나게 사라져라. 다시 말하지만 내 말을 잊으면, 잊는다면 너들 정말 죽는다."

말을 마치자 그대로 팍 돌아서더니 따르는 부하들을 데리고 운동장 뒤편으로 사라졌다. 너무도 급박하게 판이 바뀌는 것을 보자 민수는 절로 한숨이 나왔다. 잠잠히 꿇어앉아 있던 병호가 벌떡 일어나더니 뒤를 돌아보면서 소리쳤다.

"야, 빨리 학교로 뛰어라. 급하다!"

공연 시작 직전. 관중들의 대부분은 도계지역의 중고교 학생들과 학부모들이었다. 꽤 넓은 체육관에 학생용 의자가 빽빽하게 놓였는데 빈 의자가 거의 보이지 않았다. 민수는 맨 앞자리 교장과 교감 옆에 앉아 메모지와 볼펜을 준비하고 곧 시작될 공연을 기다렸다. 공연의 장단점을 분석하기 위해서였다. 참으로 절묘하게 사건이 마무리된 것도 앞으로 전개될 공연의 어떤 조짐으로 받아들였다. 교장은 정면을 주시하면서 딱딱한 얼굴을 풀지 못하고 있었다. 불안감에서 나오는 어떤 불확실성을 떨치지 못하고 있는 표정이었다. 대외적으로는 몇 번의 공연이 있었지만 정작 학부모들에게는 처음으로 선보이는 공연이었기에 학교장으로서 걱정을 떨칠 수 없으리라고 짐작하면서, 민수 역시 좀 전의 사건을 오버랩하는 자신을 느끼며 약간의 긴장감에 잠겼다.

시작을 알리는 학생 대표의 멘트에 이어 드디어 막이 올랐다. 무대 정면에 막장에서 석탄을 캐는 광부들의 검은 모습을 배경 그림으로 깔고, 완벽한 광부 복장을 한 배우들이 등장해서 석탄을 캐는 장면으로부터 시작되었다. 곧 그들의 노래가 체육관의 공간 속으로 힘차게 퍼져나갔다.

장엄한 태백준령 위로 붉은 태양이 떠오르며
영광의 산업전사 이름으로 우리는 일터로 향한다……

노래와 동작, 배경 그림과 배우들의 표정에서 당당한 산업전사의 긍지와 패기가 관중들의 가슴속으로 파고들자, 실내는 숨소리 하나 들리지 않았다. 오직 울리는 노랫소리만이 정지된 허공을 휘저으며 관중들의 눈동자에 일직선으로 날아갔다. 관중 뒤편 적당한 높이에서 비추는 푸른 조명 속에서 배우들은 자연스럽게 노래를 날리면서 또는 석탄을 캐면서 대화를 나눴다. 민수는 즉각적으로 환등장치로 장면을 운영한다는 것을 알 수 있었다. 현명한 방법이었다. 전 8막으로 이루어진 만만찮은 길이의 뮤지컬에서, 일일이 무대장치를 설치한다는 것은 이곳의 한정된 장비로서는 불가능했을 것이다. 특히 프로도 아닌 서툰 시골고교 수준의 뮤지컬에서는.

사회 조직인 철조망 패와 학생 조직인 뺀지의 갈등과 액션도 무난하게 진행되었다. 놀이터 '낙지'를 빼앗기 위한 그들 간의 갈등이 관중들을 긴장으로 몰고 가기에는 충분했다. 특별히 눈에 띈 배우가 바로 철조망의 보스 역을 맡은 김상욱과 두 번째 보스인 병호의 연기였다. 병호도 썩 좋은 연기를 펼쳤지만, 백미는 상욱이었다. 장신인 그는 장면의 상황에 따라 손가락 끝에서 발끝까지 세세한 근육 전체를 움직이는 배우였다. 대화를 이끌면서 얼굴은 순간순간 적절한 표정으로 변했지만 어색한 점이 드러나지 않았다. 선천적인 배우였다.

단지 뺀지의 두목인 고영재와 상대역인 박혜성의 연기가 밋밋했다. 액션과 대화가 분위기를 끌어올리지 못했다.

철조망을 끊기 위해 태어난 뺀지의 사나이다.
우리의 뺀지 앞에서 철조망은 한갓 거미줄이다.
우리의 뺀지로 몽당몽당 잘라서 잃어버린 엿맛을 보겠다.

우리는 도전하는 용맹한 뺀지의 전사이다
뺀지로 잘라서 고물상에 주어도
안 받겠다 거절할 것이다.

뺀지의 노래는 훌륭했다. 뮤지컬의 모든 노래는 올해 대학 작곡과를 졸업한 새파란 여자의 작품이었다. 첫눈에 벌써 몸 밖으로 넘치는 끼의 색채가 강하게 전해졌다. 그러나 대학을 갓 졸업한 이 여자애가 전편의 노래를 다 작곡했다는 말을 듣고 민수는, 대단하다, 는 속말로 놀라움을 대신했다. 세상에는 재능 있는 사람이 너무 많았다. 마흔 중반이 넘도록 변변한 소설 하나 내놓지 못하는 자신과 비교하면서, 한심한 객기로만 살아온 자신의 살진 몸뚱이가 부끄럽게만 생각되었다. 직접 들어보니 장면과 맞아떨어지는 그 재능이 과연 예사롭지 않다고 느꼈다.

뺀지의 보스와 박혜성의 사랑은 고칠 점이 많았다. 동선이 미약하고 내용이 심하게 늘어졌다. 장면과 무대배경과도 어울리지 않았다. 또한 이근식의 역할이 미약했다. 평화의 메시지를 전하는 간디로 분장했는데, 최선을 다하는 점은 인정받을 수 있겠지만 장면을 소화하기에는 역부족이었다. 이 점을 살리기 위해서는 이근식의 배역을 바꿀 필요가 있다고 판단했다. 그러나 두 주먹 패의 화해, 여학생들의 춤사위, 아버지의 직업을 이해하고자 자식들이 직접 탄광 막장에 들어갔다가 사고를 당하는 장면, 열악한 조건에서 오직 가족들을 위해 온몸을 던지는 아버지를 생각하는 처절한 울부짖음, 마지막으로 영광의 졸업식과 대학에 진학한 사고뭉치 학생들의 당당한 모습! 해피엔딩의 전형적 구성으로, 한 시간 이십분 동안 보여줄 수 있는 모든 것을 관중들에게 보여줬다.

인상적인 장면은 탄광의 막장에서 아버지가 아들에

게 보내는 노래를 부르는 장면이었다. 전에 비오는 날 민수가 들은 '자식은 나의 힘'이었다.

　　아들은 나에게 이 세상 무엇보다 가장 소중한 사람.
　　나는 너를 위해 무엇도 할 수 있어
　　내 아들 위하는 길이라면 어디든지 간다
　　아들들아, 내 아들아
　　너희는 우리들의 희망 우리의 등불이어라

　민수가 대단하다고 판단한 이면에는 공연 직전에 태백의 주먹들에게 얻어맞고서도 내색 하나 하지 않고 묵묵히 공연에 몸을 던진 배우들—청심회 단원들—의 꿋꿋한 의지와 정신을 보았기 때문이었다. 탄광촌의 고교에서 밑바닥에 깔린 듯 지내오던 그 멤버들의 정신! 하나의 목표를 향하여 전심전력을 쏟아 부었을 때 이룰 수 있는 예술적 성과가, 다른 어떤 것으로도 대체할 수 없는 거대한 결과물로 지금 나타난 것이 틀림없었다.
　공연이 끝나고 모든 배우들이 무대로 나서서 마지막 합창과 아울러 인사를 하자 체육관의 지붕은 박수와

휘파람 소리로 터질 듯이 부풀어 올랐다. 관중들이 주로 중고교 학생들과 학부모들이었지만, 그들도 공연에서 번져 나오는 메시지에서 뭉클한 감동을 받았음이 틀림없었다. 더구나 학부형들의 직업이 대부분 탄광과 관련된 현실에서, 또한 막장의 경험이 풍부한 광부 출신의 학부모들이 많은 탓으로 더욱 깊은 감동을 맛볼 수 있었을 것이다. 예술의 힘은 지역과 남녀노소와 관계없는 것이다. 무대 위에는 혼신의 힘으로 연기한 끝에 메이크업이 땀으로 뒤섞인 자랑스러운 배우들의 미소가 흘러넘치고 있었다. 민수는 병호를 살폈다. 한복판에서 꽃다발을 안고 손을 흔드는 그의 얼굴 한 쪽이 퉁퉁 부어 있었다.

다음 날이었다. 모두들 어제 공연이 끝나고 마신 술이 아직도 눈에 가득했다. 처음에는 수고한 선생들에 대한 위로주로 시작된 술판이 밤이 깊어지자 아예 강술로 변해서, 곰 선생이 컵에 가득 따라 권하는 소주를 거푸 마시고는 모두 나가떨어졌던 것이다. 술자리에서 어제 배우들이 늦게 나타난 것에 대한 이야기가 돌았다. 민수는 입을 다물었다. 그러나 역시 학생 장악력이 뛰어난 곰 선생은 이미 다 알고 있었다.

"그 자식들이 말야. 얼마 전 밤늦게 굴다리 밑에서 낯 모르는 젊은 애들 서넛과 시비가 붙었는데, 우리 애들이 떼거리가 좀 많아? 그냥 묵사발 만들어 버렸다네. 그것도 모자라서 주머니까지 몽땅 뒤져서 술 퍼먹었는데, 그 얻어맞은 애들이 태백 건달들이라. 한 달이 넘도록 잠잠히 있다가 마침 공연하는 날에 태백 애들이 보복하러 내려와서 사단이 벌어진 건데, 까딱했으면 공연이고 뭐고 말짱 도루묵이 될 뻔했어. 거참. 정말 아슬아슬했지. 만약 우리 애들이 얻어터져서 병원에 드러누워 봐. 어떤 일이 벌어졌겠어? 정말 운빨 받았지."

홍민수는 아침도 못 먹고 출근한 후 종일 어제의 후유증에 냉수만 들이켰다. 오후가 되자 교장실에서 평가회가 열린다는 전화를 받고 어제 대충 적은 메모지를 세밀하게 정리하여 내려갔다. 교장실에는 곰 선생과 교감, 그리고 여러 선생들 사이에 안무선생과 작곡선생도 앉아 있었다. 커피를 마시면서 어제 마신 술 이야기로 분위기를 푼 다음 교장 선생님이 어제 행사에 대해 이야기를 꺼냈다.

"어제 모두들 수고 많으셨습니다. 특히 연출을 맡아 모든 노력을 쏟으신 오형식 선생님과 조명에 각별한 수고를 아끼지 않으신 김남훈 선생님, 그리고 서울에서 내려와서 벌써 한 달이 넘도록 숙식을 하면서, 학생들의 노래와 안무를 담당하시느라 너무 수고해주신 두 분 선생님께도 감사의 말씀을 드립니다. 그밖에 어제 행사에 많은 선생님들이 수고해주셨습니다. 에, 저로서는 더 이상 드릴 말씀이 없을 정도로 흡족했습니다. 처음에 배우들이 안 와서 애가 탔는데 무사히 8막까지 마칠 수 있어서 다행이라 생각합니다.

지금부터 어제 공연을 보고 느낀 점을 서로 허심탄회하게 이야기하는 자리를 갖고자 합니다. 이런 자리가 있어야 앞으로 우리 학교 뮤지컬이 더 발전할 수 있는 작은 기틀을 다지게 될 것이라 생각하기 때문입니다. 뭐, 어제 공연을 끝내고 밤늦게까지 술자리에 너무 무리하신 선생님들이라 좀 머리가 띵하지요? 나도 그렇습니다. 오형식 선생, 어떻소?"

곰 선생은 멀쩡했다. 눈을 꿈쩍거리면서 주위를 둘러

보다가,

"전 뭐, 어제 쬐끔 마셔봤습니다. 하여간에⋯⋯ 어제 공연은 전보다 더 나아졌다고 말할 수 있습니다. 학생들이 연기를 이젠 제법 상황에 맞게 자기 것으로 소화시키고 있습니다. 단지 정규 공연장이 아닌 학교 체육관에서 했기 때문에 조명에 어려움이 있었고, 대사가 관중들에게 잘 전달되지 않았습니다. 그리고 이번에는 전과 다르게 8막 전편을 처음 공연했기에 좀 어색한 부분들이 있었다고 생각됩니다. 다른 분들의 의견은 어떻습니까?"

"춤에 약간 문제가 있었던 것 같아요. 애들이 왜 자꾸 배운 대로 하지 않는지 모르겠어요. 참 답답해서⋯⋯. 어제도 특히 여학생들이 약간 문제였어요."

안무를 담당하는 오 선생의 말이었다. 스커트가 아주 짧은 탓에 민수가 앉아 있는 정면에서 허벅지를 중동까지 드러내고 있지만 당당했다. 다른 선생들은 모두 긍정적인 의견을 간단하게 드러내면서 수고에 대한 의례적인 인사말을 전했다. 뮤지컬과 관련이 없는 민수는 이 자리에 올 필요가 없었지만 아마 소설가라는 허명 때문에 불려온 것 같았다. 잠시 침묵이 흐르고 나서 음악 선생이 입을 열었다.

"저는 좀 지루했던 장면이 있었다고 느꼈습니다. 몇 부분은 속도감과 안정감이 있었는데, 중반 이후로는 상당히 지루했습니다. 다른 선생님들은 그런 생각이 안 드시던가요?"

"그런 점은 분명히 있었습니다. 특히 두 남녀의 사랑 이야기에서 문제가 있는 것 같았습니다."

"좀 길었다는 느낌이었습니다. 잘라야 할 부분은 과감하게 자르고, 속도감을 느낄 수 있도록 하는 게 좋겠습니다. 전에는 4막이었는데 이번에는 8막이거든요. 그리고 학부모들 회의하는 장면도 문제가 있을 것 같습니다. 좀 늘어졌다는…….."

말이 터지자 모두들 한 마디씩 거들었다. 교장은 잠잠히 듣고 있다가,

"홍 선생님은 어떻게 보셨는지, 소설가의 입장에서 한 말씀해보시오."

"제가 뭐, 전 뮤지컬에 관심만 됐지 직접 참가하지도 않아서 분위기 파악이나 겨우 할 정돈데, 평가할 주제가 되겠습니까. 재밌게 봤습니다."

"그렇게 말씀하지 마시고, 그저 생각나는 대로 말해 보시오. 여러 사람들의 의견에서 장단점을 파악해야 하니까."

민수는 잠시 머뭇거리다가 준비한 메모지를 펼쳤다.

"그럼 제가 말씀드리겠습니다. 공연을 보면서 몇 가지 메모를 해둔 것이 있습니다. 조심스럽지만 어차피 장단점은 살피고 나가야 할 문제인 것 같아서……. 교장 선생님께 평소 많이 신경 쓰셔서 잘 풀렸다고 생각합니다. 오형식 선생님 수고 많으셨고, 안무와 노래를 담당하셨던 두 분도 고생 많으셨습니다. 어제 조명장치를 아예 가슴에 안고 계시느라고 땀을 많이 흘리셨던 김남훈 선생님도 고생 많으셨지요? 전 그냥 구경만 잘했습니다. 정말 잘했습니다. 이 학교에서 처음 본 뮤지컬이라 그 수준을 가늠하기가 어려웠는데, 어제 비로소 학생들의 열기와 수준을 알 수 있었습니다. 특히 4막에서 8막으로 바뀐 상태라 학생들도 좀 당황했을 거지만, 그래도 열심히 연기하는 모습은 정말 인상적이었습니다.

뭐, 칭찬은 잠시 돌리고 좀 더 발전시켜야 될 부분이 눈에 띄었기에 말씀드립니다. 실수나 잘못을 꼬집는 것이 아니라 긍정적인 면으로 말씀드리는 것입니다.

먼저 비폭력과 평화, 바람직한 청소년의 상을 나타내는 주제가 단일해서 이해하기 쉽다는 점이 좋았습니다. 흔한 주제 같지만, 요즘의 나약한, 그리고 일부의 거친 청소년들의 심성에 던질 수 있는 좋은 주제였습니다. 그리고 조명 문제는 흠, 너무 흐릿하게 비춰져서 명암이 선명하지 못했는데, 이 점은 정식 공연장에 가면 괜찮을 거라 생각됩니다.

배우들의 대사가 너무 빨라서 전달에 문제가 있었습니다. 이 문제는 평소 학생들의 대화 스타일과도 관계가 있는 문제이므로 아마 단시일 내에 고치기가 힘들지 않겠나 생각되지만, 연극이나 뮤지컬에서는 중요한 문제이므로 강조할 필요가 있습니다. 예를 들면 양측 보스가 대결하는 최후의 장면에서, 서로 '원원'하는 작전 이야기가 나옵니다. 그런데 아주 주의 깊게 들어도 '원원'이란 말이 객석으로 정확히 전달되지 않습니다. 발음이 너무 빠른 탓입니다. 이런 부분은 굉장히 많습니다. 빨리 고쳐야 하는데…….

다음은, 장면에 맞는 배경 그림을 준비할 필요가 있습

니다. 이 점 역시 중요하다고 생각합니다. 이번에 공연한 체육관은 한정된 공간과 시설 관계로 무대장치를 제대로 설치할 수 없었습니다. 배경을 단시간 내에 바꿀 수 없다는 점 때문에 이번 공연은 환등장치를 사용하여 막과 막을 구별했습니다만, 실재로 극장에서 공연하게 되면 중요 장면의 배경 그림이 여러 장 필요하게 될 것입니다. 분위기를 살리는데 가장 중요한 부분입니다. 예를 들면, 이곳 탄광촌의 어둡고 칙칙한 밤경치와 광부들의 채탄 장면을 표현하는 배경 그림이 매우 필요하리라 생각합니다. 따라서 무대 뒤 천장의 바턴에 붙일 여러 장의 배경 그림을 제작해야 되지 않을까 하는 생각입니다. 상황에 맞게 배경을 바꿔야 하기 때문입니다. 영재와 여학생의 사랑 이야기에서도 그에 맞는 배경이 절대적으로 필요한 거죠. 포근한 가로등 불빛 같은.

그리고 영재의 역할, 즉 빼지 보스의 동선이 너무 약하다는 점입니다. 특히 더 약한 부분은 두 남녀의 사랑 장면인데, 그냥 석고처럼 서 있는 장면이 너무 많았다는 것. 이 점을 좀 살리면 후반부의 지루함을 보강할 수 있겠습니다.

마찬가지로 뺀지의 결성 과정도 너무 늘어져서 지루했습니다. 이런 점은 뺀지 보스와 여학생의 사랑에도 해당된다고 생각합니다. 많이 지루했지요. 장면을 좀 줄이던가 아니면 동적인 행동을 넣든가…….

간디의 역할은……, 비폭력 평화를 내세우는 이 뮤지컬에서 중요한 메시지를 전하는 부분인데, 유감스럽게도 너무 약합니다. 이 작품에서 주제의 반을 차지할 정도로 중요한 부분입니다만, 좀 동적인 행동이 없을까 하는. 저도 보는 내내 답답했는데, 깊이 연구할 과제라고 생각합니다.

그리고 배우들의 대화 중간에 간간이 애드리브가 약간씩 들어가면 좋겠다는 생각도 했습니다. 즉, 너무 공식적인 대화가 많다는 것이지요. 그런데 우리 학생들이 적절한 애드리브를 사용할 능력이 있을까 하는 점은 좀 연구해 봐야겠습니다. 애드리브가 살려면 장면과 연기가 몸에 익어야 되거든요.

전체적으로 봐서 전반부는 동적 활동으로 관중들의 시선을 집중시킬 수 있었고, 그에 따라 의미를 확장하는 데 좋은 효과가 있었습니다만, 중반 이후에는 감정이 늘어지는 경향을 보였습니다. 특별히 말씀드릴 것은, 시작 부분과 종반 부분에서 등장하는 광부들의 그림과 활동, 그들의 노래는 이 뮤지컬의 백미라고도 할 수 있겠습니다. 더 발전시킬 부분이라고 생각합니다. 아주 좋은 장면이었습니다.

앞으로 예산과 인원이 허락된다면 삼척시는 물론 동해시나 강릉시, 혹은 강원도 전체로 진출할 수 있는 능력을 보여줬다고 생각됩니다. 이 작품을 더 발전시켜서 우리 학교, 우리 지역의 자랑거리 혹은 관광자원화로 발전시킬 수도 있다는 생각입니다.

개인적인 생각이지만 강원지역의 중·고교에서 지금까지 생산된 모든 예술작품 중에 우리 학교의 뮤지컬이 최고봉의 수준에 도달할 수 있을 거라는 생각도 하고 있습니다. 솔직히 말하면 강원도 고교에서 최고의 능력을 보여줬다고 말해도 과언이 아닐 것입니다. 이상 순서 없이 말씀드렸습니다. 관계하셨던 선생님들, 수고 많으셨습니다."

민수는 말을 마쳤다. 모두 조용했다. 잠시 후 교장이 손뼉을 세 번 쳤다. 그것뿐이었다. 침묵이 흐른 뒤 교장이 조용히 말했다.

"그렇습니다. 바로 그 말입니다. 그런 말이 필요합니다. 더 하실 말씀이 없으십니까? 없으면 마치겠습니다만. 아, 그리고 오늘 내가 한 잔 사겠습니다. 장소는 정해 놓는데, 일미집입니다. 퇴근하고 여섯 시에 거기서 만납시다. 더 하실 말씀은?"

모두 교장실에서 나왔다. 책상에 앉자마자 인터폰이 울리고 민수는 다시 교장실로 갔다. 교장은, 아까 발표한 내용을 정리해서 가져올 수 있느냐고 했다. 그리고 고맙다는 말을 이었다. 뮤지컬이 창단된 후 처음으로 교직원들에게서 나온 반응이고, 그 반응이 매우 높은 수준이라는 말도 덧붙였다. 밖에서 담배를 꺼내 물었다. 초여름 바람이 기분 좋게 불었다. 시간이 너무 빠르게 흐른다. 요즘 통 글을 쓰지 않는 자신을 생각했다. 그리고 쓸데없이 뮤지컬 언저리에서 서성대는 자신의 행위를 생각하면서 고개를 저었다. 상관하지 말자. 내 할 일이 아니다. 그러나 자꾸 그쪽으로 신경이 쓰이는 것은 민수도 어쩔 수 없었다. 구수한 담배 연기가 몸 깊숙이 들어왔다.

8. 가을, 흔들리는 계절

9월 중순이지만 바닷가에서 계곡을 따라 백여 리를 파고들어 자리 잡은 이곳은 벌써 조석으로 늦가을 날씨를 보이고 있었다. 학교는 수학능력시험 때문에 학생들을 바짝 조이고 있었다. 두 달 남았다. 백 명 가량의 3학년 학생 중 수능을 볼 학생은 칠십여 명에 불과했다. 그중에서는 성적과 관계없이 친구 따라 강남 가는 학생이 십여 명 정도 붙었으니, 실재로 수능 성적이 필요한 학생은 사십 명에서 좀 빠질 거라고 3학년 부장이 말했다. 올 봄에 이 학교에 온 김동희는 역사 담당이었다. 일 년 내내 목이 쉬도록 교과서와 참고서를 가르쳐도 듣는 학생은 예닐곱에 불과한 형편을 이젠 당연하게 여기고 있었다. 그러니 수능 인원이 칠십 명이라는 소리에 별로 놀라지 않았다.

교직에 들어온 지 올해로 30년. 오십 후반의 나이가 때로는 새삼스럽게 느껴질 때가 학생들과의 인간적인 거리감을 느끼는 순간이었다. 선생의 나이가 쉰 중반을 넘으면, 이미 학생들에게 호감을 얻으면서 수업하기는 틀린 노릇이라는 점은 노장 선생들에게 상식으로 통했다. 그러니 젊은 선생들처럼, 딴전을 부리는 학생을 다 잡아가면서 수업하기란 여간 어려운 일이 아니었다. 더구나 이 학교는 실업계도 같이 붙어 있어서 순수 인문계 고등학교와 분위기가 또 달랐다. 처음 부임해서 제법 소리도 지르고 윽박질도 해봤지만 학생들이 선생을 먼저 알았다. 한두 달 후부터는 아예 듣는 학생 위주로 수업을 할 수밖에 없었다. 2학기가 되자 뮤지컬 부원들이 연습으로 오후 수업에 자주 빠지는 편이라 출석조차 신경 쓸 일이 없었다.

수업을 마치고 학생부로 돌아오니 학생부장 송 선생

이 다가와서 물었다.

"방금 2학년 1반 수업이었지요? 김미영이가 있던가요?"

"미영이? 모르겠어. 이빨 빠진 교실에서 출석부에 신경이나 써야지. 내가 들어가는 반이 어디 한두 반도 아니고……."

송경국 선생은 창 밖으로 운동장을 한참이나 내려다보다가 혼자처럼 중얼거렸다.

"……건수가 하나 생겼습니다."

정준혁은 교장실에서 묵묵히 천정만 쳐다보고 있었다. 모든 일은 기대 이상으로 진행되어 왔다. 십일월이면 삼척 시내에서 공연을 하게 된다. 도내 고교에서 유일한 뮤지컬부를 운영하면서, 그동안 작품의 우수성이 알려지자 삼척시에서 경비를 대고 공연을 부탁했던 것이다. 학생들과 시민들을 대상으로 한 공연이었다. 더구나 시장과 의회의장, 국회의원까지 관람한다는 비공식 소식을 들은 터였다. 다른 소식으로는 이번에 성공적으로 공연되고 작품의 우수성이 평가받게 되면, 삼척시의 전폭적인 지원으로 삼척의 문화상품으로까지 발전시킬 수도 있으리라는. 정말 기대 이상의 결과까지 바라볼 수 있게 되는 중요한 순간이었다. 자신이 직접 쓴 시나리오가 이렇게까지 번지게 될 줄은 예상도 못했다. 탄광촌의 말라붙은 환경에서 성장한 학생들의 비행을 보다 못해 인성교육으로 그들을 건져 올린다는 마음으로 뮤지컬을 끌어온 지 2년째. 올해가 더 성장하느냐 일회성으로 그치느냐의 갈림길이었다. 휴우— 정준혁은 가슴속에 가득 채웠던 답답한 기운을 천장으로 길게 내뿜었다. 호사다마라더니.

어제 밤 송 선생이 전화로 전한 내용은 심각했다. 관계된 학생이 세 명이었고 더구나 그 학생들은 몽땅 뮤지컬 단원이었다. 준혁은 자리에서 일어나 창가에 바짝 붙어서 창문을 열고 바깥 공기를 깊이 들이마셨다. 잔잔히 흘러가는 뗏목도 때로는 작은 소용돌이에서 뒤집힌다더라만.

흔히 있는 학생 사고로 생각할 수도 있었다. 삼백 명 정도의 작은 학생 사회라지만 이런저런 문제가 발생하지 않는다면 그게 도리어 이상한 일이다. 더구나 인문과

와 실업과를 남녀 혼합으로 운영하는 학교다. 인가가 드문 산 속 주막에서도 가끔은 한 잔 술에 이웃끼리 다툼이 벌어지지 않던가. 사건이 있어야 정상이었다. 그런데 준혁이 부임한 후 지난 2년 가까이 겉으로 드러난 학생 사고가 전혀 없었다. 이 학교에서 오래 근무한 선생들도 신기하다고 여길 정도로 사회적으로 혹은 교내에서 큰 물의를 일이키는 일이 사라져 버렸다. 전에 병호가 학생부장에게 공개적으로 덤벼들었던 일이 마지막이었다.

　선생들이 피부로 느낄 정도로 학생 사고가 줄어든 것은 물론, 전에는 그렇게 단속해도 아침이면 화장실에 담배꽁초가 수북이 쌓이던 일도 이젠 거의 사라졌다. 사흘이 멀다고 계속 사건이 생겼던 지난 일을 기억하는 선생들은 이런 새로운 현상에 진정으로 놀라고 있었다. 여러 선생들이 생각하는 원인은 한뿌리로 귀결되었다. 사고 칠 학생들은 다 뮤지컬부에 들어가 버렸다는 것. 뮤지컬 내용이 비폭력과 평화, 가정의 행복이라는 다분히 추상적 주제이지만, 그 속에서 학생들이 계속 역할을 맡음으로써 스스로를 변화시켰다는 것. 그러나 정준혁은 그런 면에서만 원인을 찾을 수 없었다. 원인은 다른 곳에도 있었다.

작년 초겨울, 4막으로만 구성한 뮤지컬을 가지고 강원도 학생연극대회에 나갔을 때, 처음으로 자신이 땀을 흘리고 노력한 결과를 다른 학교 학생과 심사위원들에게 선보인 학생들은 결과가 발표되기 전 안절부절못하고 있었다. 자신들의 노력이 어떤 결과를 가져올지 모두들 가슴 졸이며 식장 안팎에서 서성거렸다. 정준혁과 오형석도 긴장되기는 마찬가지였다. 줄담배도 초조감을 달랠 수는 없었다. 드디어 심사결과가 발표되고 심사위원장의 입에서 우수상이란 말이 떨어졌을 때, 일시에 '와아—' 하는 함성이 터졌다. 더구나 최우수 연기상에 철조망 보스인 3학년 신상진으로 발표되자 모두들 환희의 얼굴로 서로를 얼싸안았다. 눈물샘은 어린 학생들을 피해가지 않았다. 준혁의 눈앞이 잠시 흐려졌다. 곰 선생도 감격에 겨워 눈을 지그시 감았다.

스러져 가는 탄광촌에서, 지역의 험한 분위기에 젖어 지금까지 성장한 학생들이었다. 칭찬 한 번 받지 못하고 오직 회초리와 꾸중과 욕설만 듣고 자라온 학생들이었다. 학교라는 조직체에서 스스로를 없어져야 할 존재로 인식하며, 가슴속에 기존 질서에 대한 반항만 차곡차곡 채워온 학생들이었다. 순간을 주먹으로 해결했던 그들이었다. 이제 비로소 그들은 정당하고 권위 있는 세계에서 자신들의 능력을 인정받게 된 것이다.

힘을 얻은 단원들은 그 해 겨울, 전국대회에서 비록 장려상에 머물렀지만 역시 신상진이 우수연기상을 수상했다. 그들은 힘이 붙었다. 학교 공부와는 또 다른 세계가 그 좁은 문을 부원들에게 조금씩 열어준 것이다. 그들은 땀과 노력으로 그 문을 열 수 있다는 가능성에 마음을 던졌다. 자연히 학교생활에 조금씩 적응되어 갔다. 경원시하던 주위 사람들이 따뜻한 시선으로 자신들을 믿어준다는 것, 어떤 일에 매진하는 그 과정에 대해 진실한 마음을 전하고 가식 없는 칭찬과 격려가 있을 때, 무겁게 드리운 회색빛 하늘은 푸르게 변할 수 있음을 보여준 것이다.

재미있는 현상 중의 하나가 화장실과 교실 뒤 쓰레기장 부근의 담배꽁초였다. 매 시간 교내 순찰을 도는 학생부 선생님들과의 찾고 숨는 싸움에 이골이 난 녀석들이지만 귀신처럼 화장실에서 담배를 피워대는 애들. 아예 쓰레기장 숲에서 대놓고 연기를 뿜어대던 애들이 언제부터 슬슬 사라졌는지, 날이 갈수록 담배꽁초가 줄어들었다. 처음에는 무심코 넘기던 선생들도 그들의 변화에 마음을 던지기 시작했다. 흡연 문제는 모든 중·고교, 특히 고교에서는 골칫거리임은 다 알고 있었다. 수없이 겁도 주고 조례 종례를 통해 교육해도 애들은 그저 먼산바라기처럼 귓전으로 흘렸다. 단속 포기로, 아예 애들의 흡연 장소에 가지 않는 게 낫다는 말도 있었다. 가봐야 애들과 맞닥뜨려야 하고, 현장을 목격하면서 그냥 보내줄 수는 없는 일, 잔소리와 욕설이 오갈 수밖에 없었다. 그런데— 어느 날 갑자기, 랄 정도로 담배꽁초가 줄어들기 시작했다.

비록 성적은 대부분 하위에 머무는 부원들이지만 몸담고 있는 학교의 작은 규칙에 대한 거부감이 조금씩 사라진 것이다. 분출구를 만들어준 일, 뮤지컬을 창단하고부터 변화는 조금씩 왔다. 예능대회에 나가 상도 받고 선생들의 칭찬도 한몫했지만, 그들 스스로의 성과에 자신감을 얻은 점이 가장 컸다. 전과 다르게 학생 사고가 사라진 것도 이런 내막에서 찾아야 할 것이다.

도교육청 장학지도를 받을 때도 예전과 너무나 다른 현상에 대해 그들은 반신반의했지만 결국 수긍하고 격려의 말을 아끼지 않았다. 일이 잘 되려고 그런지 올해에는 서울대에 합격할 서광이 비치고 있었다. 전교에서 최우수를 놓친 적이 없던 여학생이 서울대에 수시 합격이 가능하고, 수능에서도 최저 학력기준을 통과할 것이 확실했다. 이제 시간만 기다리고 있는 중이 아닌가. 그런데—

사건이 터져 버린 것이다.

관련된 2학년 학생들은 모두 뮤지컬에서 중요한 역할을 하고 있는 학생들이었다. 신돈호와 박정근은 광부, 철조망 조직원, 삐지 조직원 등의 이중배역을 담당하고 있고, 김미영은 춤과 노래에 소질이 있었다. 공연을 불과 두 달 앞두고 벌어진 일이라 그들을 내치고 새로운 배우로 교체할 여유가 없다는 점이 문제였다. 정준혁은 인터폰으로 학생부장을 불렀다.

"학생부장 있소? 좀 바꿔주시오. 아, 그 문제 때문인데, 많이 골치 아프겠어. 좀 자세히 듣고 싶으니 이리 오시오."

송 부장은 교장의 전화를 받고 책상서랍에 있는 학생 자술서와 조사서를 꺼냈다.

"난 교장실로 호출돼 갑니다. 어이, 김 선생. 두툼한 걸레 어디 없나? 왜라고? 아무래도 빠따를 박살나게 맞고 올 판인데, 미리 엉덩이에 넣어둬야지."

학생부 선생들의 소리 없는 웃음을 뒤로 하고 교장실로 내려가면서 중얼거렸다. '웃을 일이 아니야. 거참 지랄 났네. 에이 망할 자식들. 어째 일 년 잘 나간다고 했더니 제기랄.' 교장실 앞에서 잠시 머뭇거리면서 머릿속을 정리한 후 들어갔다.

"어, 거기 앉으시오. 이거 말이야. 아무리 생각해봐도 답이 안 나오겠는데. 우선 여학생 집에서 가만 있을 턱이 없을 텐데. 김미영이는 지금 학교에도 안 나오고 있다는데, 어딜 간 거야? 부모들이 이 사실을 다 알고 있나?"

"그게 참 다행인 게, 부모들이 아직 모르고 있습니다. 집주인이 알리지 않은 모양입니다. 김미영이가 집에서 다니는 게 아니라 자취하고 있지 않습니까? 그리고 그 자취집 아줌마, 생각이 아주 깊은 분입니다. 이해심도 많고 입이 무겁더군요."

"그으—래? 그것도 참. 아니 어떻게 그 집주인이 입을 다물었나? 어제 전화에서 집주인과 김미영이 엄마가 친구라고 했잖아. 그랬으면 당연히 알렸을 텐데도 입을 다물었다? 행인지 불행인지 알 수가 없구만. 좀 자세히 말해보시오. 지난 1년간 잠잠하다가 큰 행사 앞에서 이 모양이야. 하필이면 그 녀석들이 다 뮤지컬 부원이고 말야. 곧 공연도 해야 하는데 이게 무슨 일이야…… 망할 자석들."

송 부장은 갖고 온 남학생 자술서와 학생부에서 조사한 내용을 탁자 앞에 올려놓으면서 헛기침을 크게 했다.

"흐음. 그게, 말입니다……. 음 으음. 죄송합니다. 좀 길게 말씀드려야 되겠습니다. 두 남학생들을 조사하면서 알게 된 사실을 종합해보면……. 조사도 다른 선생들이 모르게 비밀리 했습니다만."

송 부장은 잠시 말을 끊었다가 그간에 조사한 내용을 말하기 시작했다.

관련된 학생들은 다 뮤지컬 부원이었다. 남녀 3명이

관련됐지만 사실은 4명이 서로 연관되어 있었다. 3학년 김종우가 나타나기 전까지 2학년 신돈호와 김윤주가 서로 사귀고 있었다. 주변에서는 상당히 잘 나간다는 말이 떠돌았다. 윤주 생일날에 돈호가 준 선물과 윤주 친구들에게 저녁 값으로 쓴 돈이 거의 십오만 원이나 됐다고 소문이 났었다. 신돈호 집이 도계에서 가장 큰 음식점인 태백갈비집이였다. 그 집은 선생님들도 가끔 회식할 때 이용하는 집이었다. 음식이 정갈하고 맛깔스럽기로 유명했으나 가장 인기 있는 것이 쇠고기숯불구이였다. 다른 집과 고기 맛이 달랐는데, 들리는 소문에는 경북 봉화 산중에서 키운 소를 직거래한다고 한다.

그렇게 잘 나가던 둘 사이에 3학년 종우가 중간에 끼어들면서 금이 가기 시작했다. 종우는 청심회 핵심 멤버이고 덩치도 웬만해서 학교에서 제법 잘나가는 주먹짱이었다. 그러니 돈호는 그저 속만 태우고 있었는데, 지난 일요일 삼척 시내로 종우와 김윤주가 놀러 가서 밤늦게 시내버스로 돌아오는 모습이 학생들 눈에 띄었다. 더구나 서로 손까지 잡으면서 골목길을 걸어가는 모습이 잡혔으니 소문이 안 날 수가 없었다. 다음날 학교에서 소문이 쫙 나버렸다. 한마디로 신돈호가 3학년 종우에게 여친을 빼앗겼다는 식이었다. 그러나 돈호는 어떻게 해볼 방법이 없었다. 종우도 윤주와 돈호의 관계를 알고 있는 판에, 돈호가 반항한다거나 뒤에서 욕이라도 하는 말이 종우 귀에 들어간 그 순간부터 돈호는 이곳에서 살 수가 없게 될 것이기 때문이었다.

그런데 종우는 윤주를 낚아채기 전에 2학년 김미영이와 오래 사귀었다. 둘 사이는 미영이가 학교에 입학하고부터 사귀었으니 거의 2년이 넘은 셈인데 둘이 갑자기 갈라섰다. 그 중간에 윤주가 있었다. 속으로 분을 삭이면서 지내던 돈호는 친구인 박정근과 항상 같이 다니면서 불만을 조금씩 털어놓게 되었다. 그러나 겉으로 드러내지 못했다. 역시 종우의 힘과 청심회라는 거대한 조직이 그들의 머릿속을 지배하고 있었기 때문이었다.

2일 전 밤늦은 시간에 둘은 근처 제과점에서 빵을 먹고 있다가 길거리를 지나가는 미영이를 봤다. 돈호는 순간 어떤 생각이 머리를 스치고 지나갔다. 눈이 반짝였다. 윤주를 중간에 채어간 종우가 원래 미영이와 한동안 그렇고 그런 사이였다는 점을 생각했다. 미영이를 불러서 같이 빵을 먹은 후, 좀 더 이야기할 것이 있다고 미영이 자취방으로 갔다. 셋이서 술과 음료수를 마시면서 종우와 윤주의 관계에 대해, 혹은 종우와 미영이와의 관계에 대해 밤늦도록 시간을 보냈다.

　미영이도 종우와 오래 사귀다가 종우가 갑자기 윤주에게 가버리는 아픔을 겪은 바였다. 서로 마음이 통했다. 밤이 너무 깊고 술도 조금 취하자 그대로 잠에 떨어졌는가 싶었는데, 돈호가 어둠 속에서 미영이에게 덤벼들었던 것이다. 그러자 옆에 있던 박정근이 돈호를 말리고 어쩌고 하면서 둘이 엉켜 씩씩대는 사이에 놀란 미영이가 소리를 지르고, 주인아줌마가 달려와 방문을 열고 그 광경을 보게 되었다.

　송 부장은 잠시 뜸을 들였다가 천천히 말을 이었다.

　"한 마디로 말하면, 돈호는 윤주에게, 미영이는 종우라는 상대에게 서로 차인 상태에서 서로의 아픔을 나눌 수 있는 사이었을 겁니다. 그런데 술을 마시고 나니 남학생 둘이 서로 짜고 덤벼들은 결과로 돼버렸고, 미영이는 그 상황을 주인아줌마에게 들켜 버리자 그대로 밖으로 나가서 지금까지 돌아오지 않고 있다는 점……, 대강

이렇습니다. 이런 일이 소문이라도 나면 미영이는 아마 학교로 돌아오기 어려울 것 같습니다. 여학생이 남학생 둘에게 그런 일을 당했다는, 비록 미수에 그친 일이지만, 그 소문이 퍼진다면 어느 여학생이 학교에 다닐 수 있겠습니까?

거참, 마침 관련된 애들이 다 뮤지컬 부원들이라 저도 어떻게 해야 좋을지 감이 잡히지 않습니다. 당장 급한 일은 미영이를 찾아야 하는데, 이걸 소문내면서 미영이 친구들에게 물어볼 수도 없게 됐습니다. 행인지 불행인지 두 녀석들이 서로 입을 꾹 다물고 아무에게도 말하지 않았다고 하네요. 주인아주머니도 입을 다물었지. 그러니 미영이가 슬쩍 돌아오면 되겠는데, 아마 미영이 생각에는, 이 소문이 전교생들에게 다 퍼져서 이젠 도계 바닥에서는 지낼 수 없을 것이라고 생각하고 있을 것입니다. 휴대폰도 꺼버려서 연락할 방법도 없습니다."

정준혁은 입맛을 다셨다. 그러나 희망이 없는 일은 아니었다. 이 선에서 사건이 더 번지지 않게 모두 입을 봉해 버리고 미영이만 학교에 돌아오면 되는 일이었다. 그러나 학생부장 말처럼 미영이는 분명 소문이 크게 번졌을 것이라고 생각한다는 점이었다.

"송 부장은 어떻게 그 내막을 자세히 알았소?"

"그 일이 벌어진 다음날 저녁에 미영이 자취방 주인아줌마가 전화로 저를 찾았습니다. 최진숙 씨라고 자신을 밝히고는 몇 년 전 우리 학교 학생회장을 한 학생의 엄마가 된다면서, 전화로 급히 할 말이 있다고 해서…… 무슨 일이냐고 했더니, 반드시 만나서 말을 해야 한다고, 자취생 문제로 얘기할 게 있다고 급한 어조로 말해서, 나갔습니다. 나가긴 나갔습니다만…… 요즘 어째 좋은 일만 생기더라니. 휴—."

그날 저녁에 송 선생이 자취방 주인인 최진숙 씨 집에 갔을 때는 최진숙 씨 외에는 아무도 없었다. 시장터 뒤편의 골목길을 한참 들어가서 녹색 페인트가 벗겨져 썩은 속살이 듬성듬성 드러난 나무대문을 열면, 정면에 낡은 툇마루가 'ㄴ' 자로 돌아간 허름한 슬레이트집이 있고 그 툇마루 끝에서 미영이가 자취하고 있었다.

"어서 오세요, 저 기억하시겠어요? 오래 돼서 잘 기억 못 하실 것 같은데……"

송 선생은 언뜻 봐도 낯이 익었다. 쉰 살쯤이나 됐을
까. 생각과는 달리 부드러운 눈웃음으로 나눈 첫 인사말
에서 날이 서지 않았다고 느꼈다. 송 선생은 첫 인상과
함께 전해지는 음성의 무게에서 뭔가 일이 무겁게 번지
지 않으리라는 확신을 가졌다. 대개 사람들은 마음속에
서 날을 세우고 나누는 인사말에서부터 상대방을 파악
하고 즉시 방어막을 치게 된다는 것을 송 선생은 경험에
서 알고 있었다. 그러나 최진숙 씨는 첫 대면에서부터
송 선생의 방어망을 무너뜨려 버렸다. 이곳 사람들의 투
박스러운 말투가 아니라 약간 서울말이 섞인 듯한 말투
였다. 송 선생이 엉거주춤하게 방에 들어가자 방석을 내
밀었다. 벽에 작은 사진틀이 걸려 있는데, 슬쩍 보니 탄
광 갱구 앞에서 헤드랜턴을 쓰고 환히 웃고 있는 광부의
얼굴이었다.

"우선 편히 앉으세요. 커피라도 한 잔 하시겠어요?"
"네에. 뭐 주시면 마시겠습니다."

최진숙 씨는 커피를 끓이면서 말했다.

"이렇게 갑자기 오시라고 한 건 저 옆방에 있는 학생
때문인데요. 참 저를 잘 모르시죠? 전 선생님이 낯이 익

는데. 이 년 전에 학생회장을 했던 민경이 엄마예요. 기억하세요? 민경이……. 공부는 잘 못했지만 그리 속 썩이는 애는 아니었는데."

"아, 서울로 간 학생――이지요? 알고말고요. 아주 참한 애였는데, 그러고 보니 아주머니와 많이 닮았네요. 아까 처음 이 집에 들어와서 뵈니 낯익은 모습이라고 생각했습니다만. 민경이는 요즘 잘 지내고 있습니까?"

"애는 돌아가신 아빠를 많이 닮았지요. 지금 잠시 휴학하고 취직했는데, 내년이면 다시 복학한다고 하니 그냥 지켜보고만 있지요. 평소 학교에 잘 가지 않다가 이런 일로 오시라고 하니, 참 죄송하네요. 이렇게 오시라한 건 다름이 아니고…… 좀 말씀드리기가 난처하지만안 할 수도 없어서."

최진숙 씨는 커피를 따르면서 차분하게 이야기를 했다.

자식들은 다 집을 떠나고 이 큰집에 혼자 지내고 있었다. 그날 밤에 늦도록 텔레비전을 보고 있는데 학생들이 대문을 열고 들어오는 소리가 어지럽게 났다. 그리고는 학생 방으로 모두 들어가서는 조용해졌다. 나는 별로 상관하지 않았다. 어차피 공부란 당사자 스스로 알아서 하는 것이라는 사실은 두 애를 키우면서 눈이 닳도록 봐온 바였다. 학생의 엄마도 잘 알고 있는 사이었다. 삼십 리 정도 떨어진 사둔리에서 목축을 하는 집이고, 평소 만나면 반갑게 인사를 나누고 밥도 같이 먹는 친한 사이어서 그 집 딸애를 집에 들이기로 했다. 어차피 빈방이 항상 적적했고 또 반찬값도 아쉬웠다. 단지 학생이 열심히 공부하는 기색은 없었다. 특히나 올봄부터는 매일 밤이 깊어서야 돌아오곤 했다. 물어보면 학교에서 늦도록 연극 연습한다고 했다.

그 날, 학생들이 몇 번 대문으로 들락거리다가 조용해지더니 점차 대화가 요란해졌고 더구나 남학생 목소리가 들려왔다. 나는 신경이 곤두섰다. 남학생이 집에 오는 적이 없었고, 더구나 밤 11시가 넘어서까지 남학생이 있다는 점에 은근히 걱정도 되었다. 그래서 더욱 학생들의 대화에 신경이 쓰였다.

얼마 후 다시 대문을 여닫는 소리가 나서 남학생들이 돌아가는 줄로 생각했다. 지금 생각해보니 그건 술을 사러 가는 소리였다. 도대체 어떤 가게에서 학생들에게 술을 파는지 원. 내가 들어갔을 때는 술병이 두 병이나 있었으니까. 그러다가 잠시 까무룩 졸았는데, 이상한 비명소리가 들려오는 것 같아서 잠을 깬 모양이었다. 분명히 여자애의 낮은 비명소리였다. 학생방과 안방과는 거리가 멀리 떨어져 있지만 조용한 야밤이었기에 방 안에서도 그 소리는 들을 수 있었다. 여자의 본능적인 감각이랄까. 그 낮은 비명소리만 듣고도 방안의 상황을 충분히 상상할 수 있었다.

나는 다짜고짜 달려가서 애들 방문을 열어젖히고 방문 옆 실내 스위치를 켰다. 어둠이 사라진 순간 다가온 광경— 남학생 둘이 서로 어깨를 잡고 밀고 당기고 있고, 여자애는 구석에서 이불을 끌어당기며 하얗게 질려 있었다.

"미영이의 엄마는 저와 너무 잘 알고 있는 사인데, 이것 참 어떡해야 하나……. 늘 같이 만나서 음식도 먹고 놀러도 가고…… 그런 사인데. 그 집 아이의 그런 꼴을 내가 보게 된 거니, 어떻게 해결해야 좋을지 모르겠네요. 이 좁은 동네에서 남자애 부모들도 모르는 사이는 아니고."

송 선생은 버릇처럼 우선 미안하다는 말을 했다. 모든 학생 문제에서 선생은 국외자가 될 수 없다는 원칙은 버릴 수 없었다. 그리고 머릿속을 계속 움직였다. 하여튼 이 문제를 부드럽게 해결해야만 했다.

"정말 죄송합니다. 문제 학생들을 항상 가까이서 보고 지내는 저도 이런 상황에 부딪히면 참 난감할 뿐입니다. 정말 요즘 애들 다루기가 어렵네요. 그런데 이 일을 더 알고 계신 분이 있습니까? 부끄럽습니다만."

최진숙 씨는 잠시 방바닥을 내려다보다가 고개를 들고 송 선생을 쳐다보았다.

"저도 이런저런 일들을 많이 겪어봤어요. 그래서 선생님 마음을 헤아릴 수는 있겠네요. 지금은 아직 아무에게도 말한 적이 없지만, 그렇지만 아이들의 행동에 대한 책임은 집주인인 저에게도 있다고 생각합니다. 그래서 말인데, 사실을 툭 털어놓고 아이들의 장래를 위해서 부모들과 상의는 해야 하지 않을까 하는 생각이 듭니다. 모든 걸 묻어 버리고 나면 누가 애들의 잘못을 타이르겠어요? 허긴 요즘 애들은 타이른다고 듣는 애들도 아닌 것 같지만요. 제가 평소에 학생에게 몇 마디 할 때가 있어도 진지하게 듣는 일도 없었고. 그저 내 입만 아프지요 뭐. 그런데 미영이가 나가서는 아직 안 돌아오네요. 참 난감해요. 미영이 엄마는 저를 믿고 애를 내 집에 맡겼는데 그냥 이러고 있을 수도 없고, 너무 난처하게 됐어요. 요즘 아이들은 왜 이리 무서운지 원…….”

송 선생은 호흡을 가다듬었다. 이럴 때는 차분해야 했다. 상대방을 내가 의도하는 면으로 끌어들이기 위해서는 흥분하거나 상대의 의견을 그대로 반박해서는 안 된다. 그리고 김미영의 일이 이곳 사회에 번지게 해서는 안 된다. 만약 그렇게 된다면 지금까지 이 사회에서 뮤지컬이 쌓아올린 학교의 인식에 결정적인 여파가 미치게 될 것이다. 특히 여학생의 이성 문제는 아주 조용히 처리해야 한다. 송 선생은 아주머니가 사리분별이 분명하고 이해심이 많은 분이라는 점에 안도했다.

“아주머니 말씀 잘 들었습니다. 정말 죄송합니다. 제가 뭐라 말씀 드릴 수가 없네요. 그저 죄송하다는 말씀밖에요. 그런데 아주머니. 이왕 문제는 터졌고 수습이 문젠데, 남학생들의 싸움이라면 문제는 간단합니다. 그런데 이건 그게 아니라 여학생의 장래 문제와도 관련이 있는 상황이라서 그리 간단하지 않아 보입니다.

우선 급한 건 미영이를 찾는 것이고, 둘째는 이 사실이 바깥에 알려지는 것을 막는 일입니다. 아주머니께서도 이해하시리라 생각합니다만 남학생과 여학생의 차이가 바로 이런 겁니다. 이 사실이 소문이 나면 여학생이 학교에 다닐 수가 없게 되거든요. 물론 여학생이 학교를 떠나게 되면 남학생도 학교에서 처벌을 안 줄 수가 없습니다. 또 피해 학생의 부모가 가만히 있지 않는다면 그 결과는 참 예측할 수 없게 번지게 됩니다. 그러니 한 번 실수로 어린 학생들의 장래에 흠집이 생기지 않게 할 수 있는 방법을 찾는 것이 어른들이 할 일이 아니겠습니까? 제가 말씀 드릴 것은 속히 미영이를 찾아내는 것이고, 아마 멀리는 가지 않았으리라 생각합니다만, 그리고 사회에 이 일이 알려지게 해서는 안 된다는 점입니다. 아주머니 생각은 어떻습니까? 이해하시겠는지요?"

최진숙 씨는 조용히 방바닥을 내려다보았다. 이 선생님의 말도 일리가 있었다. 우선 아이들의 장래가 걸린 문제라는 말에 공감했다. 그러나 남학생과 여학생의 부모들을 모두 잘 아는 처지에서 모른 척하기도 곤란한 문제였다. 또 학생들의 비행을 눈감음으로써 그들의 행동에 작은 정당성을 부여한다는 점도 마음에 걸렸다. 죄 받을 행동을 했다면 당연히 처벌을 받아야 되는 것이 마땅하다는 점에 끌리는 자신을 살피면서도 이들이 어린 학생이라는 점에서 마음을 멈췄다.

"그럼 학생들 부모에게 알리지 않고 학교에서 어떻게 해결할 수 있겠어요? 미영이도 찾을 수 있겠어요? 어린 아이가 불쌍하네요. 저도 뭐 그렇게 막 나가고 싶지는 않아요. 이런 문제는 어차피 학교와 의논해서 학생들을 지도해야 하는 문제라는 건 잘 알고 있습니다. 그래서 선생님을 뵙자고 한 거고.

사실 저는 부모들에게 조용히 이야기해서 애들을 따끔히 혼 내주고 싶은 생각이 많았지요. 요즘 애들이 너무 분별없이 돌아다니는 걸 어디 한두 번 보나요? 그런데 선생님의 고민도 그렇네요. 우선 미영이를 찾는 일이 급선무라고 생각되고. 저는 방법이 없으니 선생님이 속히 찾아보시는 게 좋겠어요. 참 요즘 아이들이란 게 ……."

송 선생은 더 할 말이 없어졌다. 아주머니의 생각과

말에 평범함에 싸여진 진실성을 깊게 품고 있었다. 송 선생이 더 무엇을 보태고 빼고 할 거리가 없었다.

"아주머니의 마음을 잘 알았습니다. 대단히 고맙습니다. 빠른 시일 내에 이 문제가 잘 해결되도록 노력하겠습니다. 혹시 다른 어려운 점이 있으면 다시 연락드리겠습니다. 그럼…….."

아주머니의 배웅을 받으면서 골목길을 나오며 송 선생은 다시 길게 한숨을 내뱉었다. 좁은 골목길을 벗어나자 거리에는 싸늘한 바람이 불고 있었다. 담배를 물고 깊게 마셨다. 정말 스펀지 같은 아주머니였다. 모든 것을 품을 수도 있고 삭일 수도 있는 스펀지! 담배 맛이 구수하게 전해졌다.

사람 없는 곳에도 사람은 있는 법이다!

지나가는 차량들이 밝은 눈동자를 앞으로 쏟아내면서 지나갔다. 송 선생은 담배연기를 길게 뿜으면서 차가운 밤의 대기 속으로 스며들었다.

9. 고딩, 속 깊은 아이들

김동희 선생은 관사에서 저녁을 먹고 잠시 텔레비전 뉴스를 물끄러미 바라보다가 주섬주섬 옷을 걸쳐 입고 밖으로 나왔다. 두 달 후 실시될 대입 수능에 관한 메인 뉴스가 김동희의 속을 긁었기 때문이었다. 수능 소리만 들어도 김동희는 가슴이 답답해져서, 그 수능이란 괴물에 엮인 긴 촉수가 닿지 못할 아주 먼 곳으로 피신하고 싶어지는 것이다. 그래, 올해는 또 어떻게 굴러갈 건가.

김동희는 숙소 앞의 가파른 내리막길을 천천히 내려와서 교문 오른편 어둠에 묻혀 있는 벤치에 앉았다. 일곱 시부터 시작되는 야간학습. 학생들이 시간 죽이기 학습에 참가하는 듯이 너덜거리면서 들어오고 있다. 그 모습이 수능이 며칠 남았건, 아니 수능이 있건 없건 상관이 없는 것처럼 보였다. 하교 후 집에 가서 저녁 먹는 시간을 아껴서 친구들과 교내에서 떠들다가 컵라면을 먹거나, 학교 앞 문구점에서 비스킷 하나 들고 시간을 때우다가 때가 되면 슬슬 교실에 모일 것이다. 그러한 모습이 습관성 시간소비병 증세에 물든 환자처럼 다가왔다. 그리고 떠들며 교문으로 들어오는 학생들을 보면서 다시 3년 전 둘째 아들의 입시전쟁을 슬며시 떠올렸다.

강원도의 소위 명문고에서 뛰어난 성적을 유지하던 아들은 결정적인 순간에서 항상 어느 한 과목에서 펑크가 나곤 했다. 의대 진학을 목표로 몸을 던졌던 아들이 재수의 쓰린 시간을 보냈으면서도 역시 한 과목에서 실패하고 집에 드러누워 버렸을 때, 김동희는 아내에게, '성적에 맞게 보내버려야지, 잘하면 애 잡겠다'고 말했다. 아내도 침묵으로 김동희의 말에 공감했다. 결국 서울로 올라간 아들은 공대에서 지금도 적성에 맞니 안 맞니 하며 전공과 씨름하고 있다. 아예 처음부터 공대를 목표로 했다면 재수할 필요도 없이 이름 있는 공대에 진학할 수도 있었을 것을 생각하면, 지금도 속이 쓰린 것이다. 의대를 과감하게 버리고 그냥 아들 적성에 맞는 학과에 진학시켜도 되었지만, 무리하게 내몰았던 자신의 의대 몰입병을 지금도 속 쓰리게 후회하는 것이다.

없는 집에서 태어나서, 남들은 대학을 4년 다닌다지만 자신은 등록금 때문에 6년이나 다녔다. 그 가난의 구렁텅이를 메울 수 있는 유일한 길은 자식농사뿐임을 너무 깊게 다졌던 것이 아닌가 하는 후회가 치밀 때마다, 김동희는 아들에 대한 미안한 마음과, 팔자소관이라는 어쩔 수 없는 운명론에 빠지게 되는 현실에서 두 다리에 힘이 풀렸다.

김동희는 운동장 트랙으로 걸어갔다. 나이를 먹어가면서 절실하게 느끼는 것은 운동부족이었다. 하루 다섯 시간 이상 수업에 잠기고 나면 다리에 힘이 없었다. 목에 걸리는 목소리도 문제였다. 때문에 지난 4월부터 김동희는 저녁 후면 운동장을 스무 바퀴 정도 빠른 속도로 걷는 운동을 지금까지 꾸준히 유지하고 있었다. 체육관에서는 불이 환했다. 뮤지컬 부원들이 수능 끝나면 삼척 시내에서 공연할 준비에 정신이 없을 것이다. 녀석들, 제법 인간 꼴이 돼 간단 말야……. 개 꼬리 십 년 묵혀도 황모 근처에는 못갈 줄 알았는데…… 참내.

3층 교실에서 흘러나오는 불빛이 창문을 넘어 운동장 구석을 흐릿하게 비추었다. 김동희는 운동장 트랙을 빠른 걸음으로 돌았다. 그래도 저녁 때 운동장 트랙을 빠르게 걷는 이때가 하루를 마무리하면서 얻는 즐거움이었다. 실습실 옆을 돌 때였다. 검은 물체가 실습실에서 나오다가 김동희를 보자 슬쩍 향나무 뒤로 몸을 숨겼다. 그러나 교실에서 흘러나오는 불빛은 그를 숨길 수 없었다. 김동희는 순간 그가 누구인지를 알았다. 모를 수가 있을까. 그 유명한 녀석을.

"병호! 너, 병호지?"

김동희는 천천히 다가갔다. 병호도 어쩔 수 없는 듯 일어서면서 멋쩍은 듯 웃음을 흘리면서, 다가오는 김동희에게 슬쩍 고개를 숙였다.

"웬일이지? 아직 집에 안 가고 무슨 일이 있나?"

운동장에는 아무도 없었다. 병호는 잠시 머뭇거리면서 천천히 다가왔다.

"지금 집에 가려구요. 실습실 뒤 쪽문으로…… 운동하세요? 아까부터 선생님을 계속 봤어요. 지금 세 바퀴째 돌고 계시네요."

병호는 다시 꾸벅 인사를 하고는 머리를 긁적이며 그 자리에 서 있었다. 무슨 일이 있는 것처럼. 김동희는 그를 잠시 바라보다가 바로 앞으로 다가갔다. 분명히 나에게 할 이야기를 품고 있는 병호를 읽었기 때문이었다.

"무슨 할 이야기가 있지? …… 나랑 좀 걸으면서 들어볼까? 아니 그냥 여기 앉아서 들어보지. 자, 너도 앉아라."

동희는 화단 앞에 놓인 벤치에 앉았다. 병호도 어색한 동작으로 그의 곁에 앉았다. 이때까지는 그답지 않게 순진한 학생처럼 행동했다. 적어도 학교의 주먹짱답지 않았다. 병호는 앉자마자 김동희를 빤히 쳐다보더니,

"선생님, 김미영이를 아시죠? 요즘 며칠 간 학교에 안 나오는 애 말입니다. 사실 처음부터 지금까지 제가 미영이를 보호하고 있습니다. 지금 김상욱이 자취방에 혼자 지내고 있어요. 상욱이는 제 집에서 저와 같이 잠시 지내고 있고요."

김동희 머릿속에 반짝 빛이 지나갔다. 이럴 수도 있다! 이 녀석들의 속 깊은 행동이란!

"누구에게도 말하지 않았어요. 2학년 두 녀석들도 절대 다른 애들에게 말하지 못할 겁니다. 말하는 순간 그 애들은 학교 못 다니고, 아니 죽여 버릴 거예요. 그 애들도 잘 알고 있을 거고요. 그러니 당분간은 소문이 나지 않게 해놨어요. 미영이에게도 이런 사정을 잘 말했고요. 이걸 알고 있는 애들이 셋인데, 그 두 녀석들에게는 죽어도 입을 열지 않겠다는 다짐을 받았습니다. 입을 여는 순간 사라질 거라는……."

병호는 '사라질 거라는'에서, 굵고 단호하면서도 낮게 중얼거렸다.

"송 선생에게 알렸나? 오 선생에게도……? 나에게 젤 먼저 알린 거야?"

"……예, 지금 알릴 겁니다. 삼척 공연 날짜도 다가오는데. 저도 좀 복잡했거든요. 이곳에서 두어 시간을 생각했습니다. 마침 선생님이 운동장에 계시더라고요. 선생님께서 언젠가 수업 중에 이런 말씀을 하셨죠? 삶의 모든 순간이 결정적 순간이라고. 어느 사진작가의 말이라고. 제가 지금 그렇습니다. 이제 곧 졸업하게 되고, 전기과 졸업생이 공대에 가야 하는데, 전 공대에 가기 싫거든요. 제가 3년을 내리 놀았는데 미달되는 공대에 가서 뭘 배우겠어요. 전 지금 하고 있는 뮤지컬에서 쓰레기 치우는 일이라도 할 생각입니다. 이 중요한 때에 삼척 공연이 성공해야 저도 가는 길이 보일 텐데……, 애들 때문에 망가질 순 없어요. 이 중요한 순간에 말입니다. 마침 선생님의 운동하시는 모습을 보고 선생님의 그 말씀이 생각났어요. 그래서…… 선생님, 더 늦기 전에 우선 학생부장님을 뵙고 말씀드리겠습니다. 곰에게, 아니 오 선생님께요."

학교 불빛이 더욱 밝게 빛났다. 밤의 날카롭던 바람도 숨을 죽였는지 오늘따라 바람이 많이 무디어졌다. 관사로 돌아오면서 김동희는 병호의 가정환경을 생각했다. 그리고 작년에 운동장에서 일어난 병호의 사건도 이해할 수 있었다. 예나 지금이나 삶의 고통 속에서 지혜도 크는 법이니.

이날, 김동희는 오랜만에 편히 잤다.

밤 9시가 넘어 병호는 상욱이와 같이 자취방에 갔다. 불이 꺼져 있었다. 문을 두드리자 불이 켜지며 미영이가 문을 열었다.

"뭘 좀 먹었니?"

평소 통통하게 살이 붙었던 얼굴이 요 며칠간 해쓱해졌다. 움푹 들어간 듯한 눈이 형광등 아래에서 그들을 쳐다보았다. 벽 구석에 가지런히 쌓아둔 이불 모퉁이가 쑥 들어간 것으로 보아 방바닥에서 이불을 베개 삼아 잠시 졸았던 모양이었다.

"이거 먹어라. 맛있게 뵈더라. 그리고 밖에 좀 나갔었니?"

미영이는 병호가 주는 빵과 우유를 받으며 고개를 저었다. 그리고 구석에 앉았다. 잠시 그를 쳐다보던 병호와 상욱도 마주 앉았다.

"잘했어. 될 수 있는 대로 밖에는 나가지 마. 공연히 오해받을 수 있는 일은 당분간 하지 않는 게 좋아."

상욱이가 빵 봉지를 뜯자 병호는 날름 빼앗아서 미영이 앞으로 밀어 버렸다.

"짜식, 너 먹으라고 산 거야? 좀 참아라. 두목이란 놈이 후배가 먹을 빵이나 차지하려고 선수를 쳐? 의리 없는 놈. 허긴 원래 넌 좀 그렇지.”

"많이 샀잖아. 미영아, 같이 먹을까? 이 녀석은 혓바닥으로만 의리를 찾지 입은 따로 놀더라구. 원래 두 봉지를 샀는데, 오면서 이 녀석이 빵 덩어리를 그냥 꾸역꾸역 입에 틀어넣더라고, 그리고는 여기서 안 먹는 척하는 거야, 알겠니? 이거 다 내가 너 주려고 진베이커리에서 가장 맛있는 것만 골랐어. 자, 나랑 같이 먹자! 병호 너는 구경만 하고. 아까 실컷 먹었으니 배가 든든할 거야. 후훗.”

미영이는 품— 하고 웃었다. 빵에 손을 대려던 병호의 손을 밀쳐버리며 상욱은 먼저 곰보빵을 뜯어 입에 넣고는 미영이에게 다른 빵을 건넸다. 미영이의 웃음을 살피던 병호가 헛기침을 하면서 미영이를 슬쩍 쳐다봤다.

"흐음 흠. 저, 이거 말야. 내가 어제도 말했던 거. 내일부터 다시 뮤지컬 하자. 곧 삼척에서 공연도 해야 하는데, 이건 중요한 문제라고. 사실 미영이 너도 지난 2년간 계속 우리와 같이 호흡을 맞춰 왔으니 잘 이해할 거야, 그리고 그 짜식들은 염려하지 마라. 어제도 말했잖아.

내가 하늘에 맹세코 입을 꽉 막아놓을 테니까. 너도 날 잘 알잖아. 내가 한다면 반드시 하는 놈이라고.

그리고 좀 전에 상욱이와 같이 곰과 학생부장을 찾아서 다 해결할 수 있을 거라고 장담하고 왔다. 정말 큰소리 쾅쾅 치고 왔어. 특히 두목이 더 설치더라."

슬쩍 상욱이를 돌아봤다. 상욱은 빵을 가득 입에 넣고 우물거리다가 컵을 입에 대면서 엄지손가락을 치켜세웠다.

"만약 아직도 분위기가 좀 그렇다면 수업은 들어가지 말고 오후에 체육관에서 연습만이라도 하면 안 될까. 곰도 그렇게 말하더라. 좋잖아. 답답한 수업은 쉬고 뮤지컬에서 몸을 흔들면 스트레스도 풀릴 거고. 거듭 말하지만 그 새끼들은 신경 뚝 해도 돼. 내가 항상 네 곁에서 붙어 있을 테니까. 그리고 엊저녁에 그 새끼들을 다시 불렀는데, 정말 미안하게 생각하고 있더라. 정말이라니까. 그리고 죽어도 입을 열지 않겠다고 무릎 꿇고 맹세했어. 내가 아주 심하게 얘기했어. 만약 너희들이 입만 연다면 이곳을 떠날 각오를 하라고…… 그냥 떠나는 게 아니라 뻰찌로 이빨을 다 뽑아버린다고…… 녀석들도

194

나를 잘 알잖아…… 야 두목아. 제발 그만 좀 처먹어라. 조상 중에 빵 못 먹고 죽은 귀신이 있냐? 망할!"

어색한 분위기를 잠시 돌리고자 상욱이에게 애꿎은 욕을 퍼붓고는 잠시 고개를 숙이고 있다가 말을 이었다.

"미영이 너도 잘 알겠지만 나나 상욱이나 모두 건달 아니냐. 우리 모두 중학교 땐 관악부였어. 그때 전국 최우수상을 받았잖아. 그리고는 고등학교에서 작년 봄까지 그냥 맹탕으로 지냈지. 상욱이도 마찬가지고. 그러나 지금은 우리 모두 할 일이 있어. 김동희 선생이 말한 게 있더라. 이 세상 모든 순간이 결정적 순간 아닌 게 없다고. 난 그 말이 잊히지 않아. 맞아. 지금 이 순간이 우리 모두에게 매우 중요해. 삼척 공연이 성공하면 당장 나나 상욱이는 그 방면으로 진학할 수도 있고……. 단 한 번의 기회가 눈앞에서 부르는데 피할 수도 없고 그럴 필요도 없어. 그냥 타고 넘을 수밖에……."

병호는 잠시 말을 끊고 침을 삼켰다.

"미영아. 너의 마음을 백 번 이해하고도 남아. 그렇지만 넘어가야지. 그냥 구석에 쑤셔 박히면 지난 일 년의 노력도 물거품이 되고, 또 내가 알기로도 너도 내년에 그 방면으로 진학을 원한다며? 참자! 한 번 참으면 세상이 달라질 수 있어. 김동희 선생이 말한, '모든 순간이 결정적'이란 말을 생각해봐. 나도 상욱이도 그리고 너도 모두 중요한 순간에 있는 거야. 자, 오빠 뜻에 따라줄 거지? 야, 두목아. 넌 제발 그만 좀 먹어라. 미영이 먹을 건 좀 남겨둬야지. 정말 빵 귀신이라도 씌었나? 무슨 노므 두목이 그 모양이야?"

분위기를 돌리기 위해 상욱을 동원한 것인데, 상욱이 그 뜻을 모를 리가 없다. 냉수 한 컵을 단숨에 마시고는 미영이를 보면서,

"풀릴 건 다 풀렸어. 그냥 오후에 연습에만 나오면 되는 거지 뭐. 미영이가 빠지면 우린 뭐가 되냐. 앙꼬 없는 찐빵 쪼가리도 못 돼. 아무 것도 없었던 것처럼, 평소 그대로 해나가자고. 유아 오케이?"

입에서 빵을 우물거리던 미영이가 슬며시 웃었다.

두 오빠가 나간 후 미영이는 불을 끄고 누웠다. 며칠간 자신을 내리눌렀던 먹구름이 서산으로 밀려가고, 그 자리에 푸른 하늘이 활짝 열리는 느낌이었다. 수없이 되

물었던 생각들. '어떡하면 되지? 어떻게 될까? 학교에서는 이미 다 알려졌을 거야. 아, 집에서는, 엄마는⋯⋯. 아무도 모르는 곳으로 그냥 확 나가버릴까?' 머릿속을 헤집던 모든 잡념이 일시에 사라지고, 밤이 되면 좁은 방안의 벽이 자신을 향해 밀려들어, 온몸이 서서히 벽 속으로 스며들 것 같은 극도의 불안감도 한순간 사라져버렸다.

오빠들이 던져 놓고 간 따뜻한 말과, 걱정을 덜어주기 위해 마음 쓰던 표정이 아직도 가슴속에서 쟁쟁하게 굴러다녔다. 평소 후배들에게 소리만 질러대던 오빠들의 말이라고는 믿기지 않을 정도로 따뜻하게 전해지던 음성. 미영이는 이불 속으로 몸을 밀어 넣었다.

그 애들이 주인아주머니의 노한 행동에 쫓겨나간 후, '괜찮냐'고 근심스럽게 말했을 때 미영이는 아무 말을 할 수 없었다. 이불을 가슴까지 올리고 푹 숙인 고개 밑에서 심장만 거칠게 뛰고 있었음을 기억한다. 아주머니의 따뜻한 위로의 말은 귓전으로 스쳤다. 뜬눈으로 몇 시간 보낸 후 새벽에 방을 나와 서늘한 골목길을 무작정 돌았다. 평소 수없이 돌아다녔을 골목길은 그날따라 끝없이 이어졌다. 얼마나 돌아다녔을까. 엄마·친구들·학교·뮤지컬…… '난 아무 일 없었어. 그냥 그들과 몇 시간 이야기를 나눴을 뿐이야. 그런데 친구들이 믿어줄까. 오늘 학교에서는 소문이 파다하게 퍼질 거야. 아 안 돼…… 아아아!'

캄캄하던 순간, 우리들의 리더인 병호 오빠의 얼굴이 새벽의 어스름을 뚫고 나타난 건 무슨 조화였을까. '아, 그렇구나. 그 오빠라면.'

없는 용기를 짜내어 더듬더듬 전화를 서너 번이나 한 후에야 그는 받았다. 아직도 깊은 잠에 빠져 있었을 그는 잠에서 채 풀리지도 못한 음성으로 겨우 받았고, 집 근처에서 만난 오빠의 놀란 얼굴에 어젯밤 일을 짧게, 더듬거리면서 말하자, 채 말이 끝나기도 전에 한눈에 상황을 파악한 오빠는 미영이를 데리고 상욱이 자취방으로 갔다. 그날부터 상욱이 오빠는 병호 오빠 집에서 묵는다고 했다. 미안하고, 부끄럽고…… 고마웠다.

'나가야지. 오빠들 말대로 연습에 충실해야지. 바람이 비록 거칠어도 그 오빠들은 나의 든든한 바람막이가 돼 줄 거야.'

방안은 더욱 따뜻해졌다.

송 선생과 곰은 좁은 숙소에 앉아 오징어를 안주로 소주를 마시고 있었다. 벌써 서너 병은 나자빠졌다.

"정말 우리가 몰라도 너무 몰랐어. 애들이 애가 아냐. 공부 못한다고 생각도 없다는 건 정말 아니야."

송 선생은 거푸 잔을 부었다. 곰은 육중한 몸을 바닥에 붙이고 말없이 앞에 놓인 술잔만 바라보고 있었다. 좀 전에 병호와 상욱이가 다녀간 후 둘은 곰 숙소에서 다분히 감격스런 분위기 속에서 술을 마시고 있었다. 그랬다. 곰도 그 학생들을 오랫동안 담당해 왔으면서도 그들 내면의 깊이와 마음의 미묘한 움직임을 이해하려는 생각은 하지 않았다. 그저 뮤지컬을 잘 이끌어가야겠다는 생각만 있었을 뿐이었다. 그러나 오늘 병호의 말은 그런 굳어 버린 사고를 망치로 깨버린 사건이었다.

"사건을 사건으로 두들겨 부수다……라. 참 어른도 못할 일을 애들이 잘도 하네. 달건이들이 꼴통이란 말을 지금 쒜주로나 지울까……흥."

송 선생은 다시 앞의 잔을 들고 목을 뒤로 젖히며 털

어 넣었다. 소주잔 속의 투명 액체가 커다란 입 속으로 던져지더니 혓바닥에 닿지도 않고 그냥 목구멍으로 직행하는 모양새를 뻔히 쳐다보던 곰은,

"이봐, 목줄 타겠다. 목구멍에 뭔 죄가 있나. 좀 살살 밀어 넣어. 아무리 그래도 혓바닥 맛은 즐기면서 넣어야지. 이렇게 말야."

큼직한 솥뚜껑 같은 손에 작은 소주잔을 잡고는 한껏 여유 있게 입에 천천히 부었다. 그리고는 바닥의 오징어 귀를 죽 찢어서는 입에 넣고 우물거리면서 송 선생을 쳐다봤다. 그 모습에는 웃음이 잠겨 있었다.

"흐음, 그래. 모두 자기 곰 새끼란 말이지? 새끼들이 애비보다 더 속 깊게 노는 게 그리도 즐겁게 보인다……. 이거지? 흐흐흐. 그런데 내 맘 고생은 어디로 갔고? 교장실에서 빠따 맞은 상처는 어디서 찾는 게야, 엉?"

"후후, 그런 건 찾는 게 아니라 맘속에 쌓아두는 거야. 애들 볼 때마다 확인하는. 그래서…… 뮤지컬 연기가 살아나면 다 그 상처 탓인가 생각하라구. 학생부장이 빠따 없이 공밥 먹으려는 그 심보가 너무 괘씸해. 후훗."

곰은 정말 곰처럼 웅크리고 앉아 두터운 목을 슬슬

돌리면서 술잔을 송 선생 앞으로 밀었다. 잠시 고개 숙이던 송 선생은 곰을 쳐다보며,

"진짜로 공밥 먹는 인간들은 교무실에 꽉 찼어. 자기 일 아니라고 고개 돌리는 녀석들. 전교생 십 프로가 넘게 동원되는 일에 나 몰라라 하는 저 인간들이, 밖에서는 자기 혼자 학교 짊어지고 간다고 흰소리만 치는 놈들. 좋아, 다 좋다. 저 인간들이 공밥 먹든 뭘 먹든 하여간 우린 삼척 공연 때까지 부지런히 밀고 나가야지. 나도 걱정이 태산이었는데 다 가셔버렸어. 에이 짜식들!"

"그 인간이고 저 인간이고 뭐고 간에 애들이 더 낫다. 흐음. 병호 그놈 참…… 애들이 아니야. 다 지들 나름의 생각이 깊은 녀석들이야. 일 마무리를 참 깔끔히도 처리하고 말야. 에이 녀석들. 흥, 머리 좋다는 명문대 출신이 대한민국 살리는 게 아니라 바로 저런 우직하고 의리 있는 놈들이 세상을 살리는 게야. 요즘 나라 꼴 봐라. 위에서 설치는 놈들이 다 어느 대학 출신이더라? 그 짜식들, 다 뭣 하는 것들이야? 군대를 제대로 갔다 왔나? 위장전입은 밥 먹듯 한 놈들이 세금은 제대로 냈나? 하다못해 적십자 회비도 안 내는 것들이 명문대 출신이라

고 어깨 힘주며 티브이에서 떠들어대는 꼴들 봤지? 아니야. 이 사회가 무너질 때 마지막까지 기둥 붙들고 남을 놈들은 바로 저런 애들이야. 안 그래? 이 세상의 마지막 보루가 될!"

밤은 깊었다. 창 밖에서 바람소리가 스산하게 들렸다. 시원한 소리였다.

10. 곰과 고라니

사람은 끼리끼리 만나요 유유상종 모여요

새들도 끼리끼리 모여요. Birds of feather flock together

내 아들을 알고 싶으면 친구를 만나 보아요

사람은 끼리끼리 만나요 유유상종 모여요

멋진 친구 사귀어 멋진 사람 되어라

좋은 친구는 너의 재산 좋은 친구는 너의 파워

  십일 월 초 오후. 바람은 오늘따라 포근하게 불었다. 부원들은 체육관에서 대입 수능이 끝난 후 곧 공연될 행사에 전력을 집중했다. 가장 집중한 부분은 대사를 정확히 전달하는 부분이었다. 평소 어투가 빠르고 대화의 끝부분을 적당히 생략하는 학생들의 언어 습성이 좀처럼 쉽게 고쳐지지 않았다. 탄광 전경을 포함한 무대장치와 탄광의 갱차, 지하 갱도와 막장을 실물과 유사하게 제작하는 일은 거의 완성되었다. 역시 곰의 솜씨였다. 무대 배경으로 들어갈 여러 장의 대형 그림은 미술 선생이 최종 점검을 마쳤다.

곰은 사고 친 애들이 은근히 걱정이 되었으나 병호와 상욱이가 적절히 통제하는 모습에 안심했다. 미영이는 쉬는 시간이 되면 병호 언저리에서 서성거렸지만 연기에 몰입하는 자세였다. 두 남학생들은 아예 근처에 오지 않았다. 연습은 밤 10시까지였다. 홍민수 선생도 저녁밥을 먹은 후면 아예 체육관에서 학생들과 같이 호흡하면서 그들의 연기를 세밀히 살폈다.

오후 네 시 반이 지나가고 있었다. 정준혁은 교장실 창 밖에서 들려오는 학생들의 합창 소리에 귀를 기울였다. 지금은 청소시간. 체육관에서는 뮤지컬 부원들의 연습이 한창일 것이다. 이층 교실에서는 우당탕거리며 책

결상을 나르는 소리가 요란했다. 녀석들은 조용히 청소하는 법이 없다. 그저 던지고 부수고 내달리고 넘어뜨리고…….

창문이 열린 복도를 이웃해서 들어오는 산기슭의 초겨울 바람이 그리 차지 않아서 소파에서 한가하게 쉬고 있던 준혁은 갑자기 와아-- 하는 학생들의 함성에 놀라서 벌떡 일어섰다. 무슨 소린지는 확실치 않으나 이층과 삼층의 복도에서 들려오는 학생들의 고함소리가 심상치 않았다. 준혁은 천천히 위층으로 걸어 올라갔다. 학생들의 고함소리는 더 커졌다.

"곰이다! 곰이 막 뛰어가네. 야, 저 앞에 뛰는 건 고라니야, 저건."

"고라니가 저렇게도 크나?"

"와, 곰이 막 뛴다!"

"야, 고라니가 이상하네. 제대로 뛰지를 못하는 거 같잖아?"

"맞아, 다리를 다쳤나? 이젠 거의 다 잡았네."

"저 고라니가 다리병신인가 아래로 막 구르네. 야아아 꼬라박힐라……."

준혁은 고함소리에 묻혀 복도 뒤편으로 40도 정도의 경사를 이루고 있는 산을 올려다보았다. 저 산을 이곳 사람들은 도화산이라 불렀다. 거리는 학교에서 대략 오십 미터 정도였다. 검은 바위가 삐죽삐죽 드러난 험한 경사면에 키 낮은 소나무, 활엽수들이 울창하여 그리 영양가 있는 산이 아니었으나, 등산로가 있어서 가끔 선생들이 휴식 시간을 이용하여 마음을 식히던 산이었다. 그런데, 지금 등산로에 오르고 있는 선생들은 안 보이고 키 낮은 활엽수 사이로 커다란 두 물체가 산허리에서 아래로 내달리고 있는 광경이 보였다.

어, 저거, 위험하다!

산에서 전해지는 오싹한 기운이 준혁의 두 눈으로 폭포처럼 쏟아져 들어왔다. 덩치 큰 회색 물체가 활엽수 우거진 계곡 밑으로 맹렬히 움직이고 있고, 그 앞 다섯 걸음 정도의 거리에 갈색의 육중한 고라니 한 마리가 내달리고 있었다. 그런데 고라니를 쫓는 물체는 경중경중 뛰는 게 아니라 그냥 몸체를 굴리면서 아래로 내려가는 것처럼 보였다. 고라니가 잠시 멈출 때에는 거리가 좁혀졌지만 다시 움직이면서 거리를 늘이고 있었다. 뒤는 오형식, 곰 선생이었다. 회색 점퍼에 어두운 바지를 입었다.

"도대체 뭔 짓거리를 하는 게야, 저 망할 친구가."

어떤 두려움의 안개에 묻혀 무심코 내뱉는다는 말이 너무 컸다. 복도에서 청소하다 말고 나와 구경하던 학생들은 교장을 힐끗 쳐다보면서도 고함을 늦추지 않았다. 애들에겐 신나는 일이었다. 그런데, 고함은 더 커졌다. 좁은 복도가 터져나갈 정도로 학생들의 고함소리가 빽빽하게 울렸다.

"와아—잡았다!"

"아니야, 못 잡았어!"

"저 봐! 아, 같이 밑으로 구른다!"

"아 아 아 저거……아으!"

"우—"

준혁의 머릿속이 하얗게 변했다.

체육관에서 동작 연습하던 애들을 훑어보다가 상욱이는 윗옷을 들고 슬그머니 나갔다. 병호는 그 모양을 보고 짐작했다는 듯 따라나서는 순간, 밖에서 119 응급

차가 교내로 들어오는 소리를 듣고 밖으로 나왔다. 응급차는 교실 옆을 돌아서 뒤편으로 올라갔다.

"뭐야, 저건? 누가 다쳤나?"

"몰라요. 누가 아프나……?"

박정근이 곁에 따라와서 대답하며 말을 잇지 않았다. 두 녀석들은 요즘 병호 눈치를 살살 살피면서 멀리서 겉돌기만 했지만 병호는 모른 척하고 지내왔었다. 짜식들, 제법 눈치는 살아서 흥. 병호도 그들의 행동을 굳이 터치하지 않고 그저 열심히 하라는 눈짓으로만 대해 오곤 했다. 이때 종우가 교실 옆에서 얼굴을 찡그리면서 내려오다가 병호를 보자 체육관 뒤편으로 가라는 손짓을 했다. 병호는, 짜식이 담배 생각이 슬슬 나는 모양이군, 하며 뒤편으로 먼저 돌아가니 이미 상욱이가 담배를 다 피고 꽁초를 발로 비벼 끄고 있었다.

"야야, 공초는 찢어서 버리면 안 돼? 후배들 보기도 그렇잖아. 내가 후배들에게 항상 소리 지르는 거 몰라?"

소리가 너무 컸다. 자신도 모르게 어떤 역정이 울컥 터져 나온 것이다. 소리를 지르고서야 후회했다. 아, 이거 좀 미안하군.

"참 그 새끼 …… 목청은 기차 화통 삶아먹었나. 그 성깔하고는."

"아, 애들 연습하는 모습이 맘에 들지 않아서 그만 좀 ……. 그래도 이젠 담배꽁초는 눈에 안 보이는 곳에다 버리자. 자꾸 곰이 인상 찌푸리는 거 몰라?"

병호는 미안한 마음에 애들과 곰 평계 뒤로 자신을 숨겼다. 물론 상욱도 그 병호의 튀어나온 어투를 모르지는 않았다.

"허, 많이 달라졌어. 너가, 아니 우리가. 전에는 선생들이 보든 말든 그냥 빨아대던 너는 특히 그렇고 흐흐."

"그래. 달라졌다. 발전은 과거와의 다름에서 시작된다고 어느 선생이 그랬지. 우리도 좀 유식하게 놀고 철조망 두목답게 지내자. 어때? 제법 유식하냐?"

"오냐, 유식하다 못해 마구 넘친다. 무식이가 보면 울고 가겠네. 정현이가 틈틈이 잘 가르친 보람이 있긴 있구나."

상욱은 운동화 끝으로 꽁초를 숲속으로 차버렸다. 병호는 좀 미안한 표정으로 상욱을 보며, 머리를 밑으로 숙이고 걸어오는 종우를 가리켰다. 종우는 두 손을 주머니에 깊숙이 넣고는 찡그린 얼굴로 다가왔다.

"왜 이 좋은 날에 우거지상이야? 윤주한테 차였나? 곰한테 욕사발이라도 실컷 얻어먹었나?"

"야, 쓰바, 곰이 실려 갔어. 산에서 굴러서 다리가 부러졌는가 보더라. 방금 119 오는 거 못 봤어?"

"뭐야? 아니 그럼 방금 그 119가 곰 실으러 온 거야? 뭔 소리야 그게?"

"그래 인마. 곰이 쉬는 시간에 뒷산에 올라갔다가 고라니를 만나서 잡으려고 내리뛰다가 잡긴 잡았는데, 고라니하고 같이 산 밑으로 뒹굴며 떨어졌단다. 애들이 복도에서 다 봤대. 고라니는 다시 달아나고."

"곰이? 갑자기 고라니는 또 뭐야. 참 곰답네. 거참……. 다리가 부러지면 앞으로 어떻게 되는 게야?"

상욱이가 똥그랗게 눈을 치뜨고 종우를 쳐다보다가 병호에게 돌렸다.

"이상하게 돼 가네. 공연이 낼모렌데 잘하면 감독이 바뀌는 수가 생길 수도 있겠네. 하필 이럴 때 요런 일이 생겨."

셋은 누가 먼저랄 것도 없이 담배를 하나씩 꼬나물었

다. 잠시 연기를 내뿜던 병호가 아직도 많이 남은 장초를 손으로 꺼서 몇 등분으로 잘게 나누고는 숲으로 날리면서,

"이러고 있을 때가 아니야. 가 보자!"

셋은 서둘러 교실 옆 언덕으로 올라갔다. 그때 구급차가 요란한 사이렌을 울리며 교실 옆에서 내려오며 그들 옆을 스치듯 지나가 교문 밖으로 빠져나갔다. 셋은 멀거니 구급차 꽁무니만 바라봤다. 구급차가 흘리고 남은 사이렌 소리만 교정을 스멀스멀 돌아다녔다.

저녁을 마친 후 정준혁은 관사를 나와서 학교 운동장 벤치에 앉아 담배만 연거푸 뿜어댔다. 어두운 운동장엔 아무도 없다. 언덕 위의 교실 불빛은 휘황한 자신의 빛을 주체하지 못하고 어둠의 공간으로 투명한 몸체를 투사하고 있었다. 거기에 비해 자신의 담뱃불은 너무 미미했다. 이럴 수가 있나. 골치 아프던 애들의 사고도 무난히 수습하고 본격적으로 연습에 들어간 지가 며칠이나 됐다고…… 곧 수능이 끝나고 일주일 후면 삼척 시내에서 학생들과 시민들을 상대로 공연을 펼쳐야 할 때에

감독의 부재라니. 호사다마란 옛말이 하나도 틀림이 없었다. 도대체 무슨 놈의 벼락 맞을 고라니야.

오 선생은 지난 2년간 뮤지컬 아이들을 잘 이끌어 온 인재였다. 커다란 덩치가 느리면서도 차분하고 치밀하게 움직여 왔었다. 골치 아픈 청심회 아이들을 적절하게 통제하면서 지금까지 기막히게 운영해 오지 않았던가. 휴— 한숨이 절로 나왔다. 앞으로 반 달.

오 선생을 삼척 병원으로 입원시키고 돌아온 직원들의 말로는 석 달을 꼬박 병원 신세를 져야 한다고 전했다. 왼쪽 정강이가 완전히 부러졌으니 석 달이 지나도 당분간 목발 신세를 면하기 어려울 것이다. 환자는 누워 있으면 절로 나을 일이고, 후임 강사는 구하면 될 일. 문제는 뮤지컬 감독이었다. 마지막으로 애들을 휘어잡고 무대에 올릴 수 있는, 뮤지컬을 평소 아끼고 이해할 수 있는 선생! 준혁은 다시 담배를 꺼내다가 학생들이 나오는 모습을 보고 도로 집어넣었다. 교장도 교내 금연을 어기고 피우네 어쩌네 하는 말을 듣기 싫었다. 대놓고 말하지는 않지만 구석에서 숙덕거리는 소리, 학부형들에게도 바로 들어갈 일이다.

그래, 좋아. 어차피 벌어진 일. 준혁의 머릿속에서는 한 인물이 이미 솟아올라 있었다. 그 친구에게 맡길 수밖에.

쓸쓸하다……!

잠시라도 한 곳에 몸을 던질 곳이 없을까.

관사로 돌아가던 준혁은 밤기운에 젖어 시내로 슬슬 걸음을 옮겼다. 학교에서 시내 중심가까지는 십여 분 거리였다. 해발 육백 미터의 탄광촌 밤기운은 11월 초순에서 한참 뒤로 밀려갔다. 시내 중심가도 한산했다. 직원들과 자주 가던 중앙시장으로 꺾어들어 소원식당 옆 뼈해장국집 앞을 지나가다가 귀에 익은 음성이 들렸다. 즉각 알아차렸다. 문을 열고 들어서자 과연 술청에는 교무부장 권영운과 김남훈 김동희 셋이서 막걸리를 놓고 해장국을 안주로 술잔을 부지런히 기울이고 있는 중이었다. 탁자 밑에선 곧추 서고 자빠진 막걸리 통이 예닐곱 개가 넘었다.

준혁이 들어가자 세 사람은 슬며시 일어났다. 얼굴이 모두 불콰하게 익었다.

"히야 이 사람들 봐라. 이런 좋은 자리에 자기들만 모여 노네그려. 거 좀 부르면 안 되나? 젓가락 하나만 올리면 되는데……."

김동희 선생이 받았다.

"건설적인 모임 중입니다. 사실 아랫것들 모임에 교장 선생님까지 껴서야 판이 서겠습니까? 이해하십시오."

"그래서 상것이 끼면 막걸리 맛이 떨어진답디까? 근데 김 선생님은 평소 술을 안 하시는 줄로만 알았는데, 알고 보니 주당이시라 이 말씀이네. 내일 공지를 내야겠습니다. 숨은 주당 찾기! 자 앉읍시다. 날씨는 찬데 속이 좀 출출해서 혼자 밤공기나 쐬면서 어디 좋은 자리를 찾고 있던 중입니다."

"잘 오셨습니다. 실은 오 감독 이야길 하고 있던 참입니다. 당장 문병도 가야겠지만 그보다 더 급한 뮤지컬 행사에 대한 이야기를 나눴습니다. 자, 한 잔 받으십시오. 이곳 막걸리가 생각보다 맛이 좋습니다."

말한 김동희보다 교무부장이 먼저 잔을 공손히 권했다. 역시 고등학교 제자였다. 준혁은 찰랑찰랑한 막걸리 잔을 단숨에 마신 후 김동희 앞에 놓고 가득 부었다. 김

동희는 교직원 중 가장 노장 선생님이었다. 교무부장 권영운이 걱정스러운 목소리로,

"교장 선생님. 사실 오형식 선생 후임 감독이 있어야 되지 않겠습니까? 이제 반 달 후면 그동안의 고생 결과가 판가름 나는 판입니다."

"도대체 가지 많은 나무에 바람 잘 날 없다고, 왜 이렇게 건수가 많아? 그 사람은 갑자기 그노므 고라니가 술안주로 보였나? 거참. 흐허허······. 웃을 수도 없구만. 이거 참."

"재밌는 게, 가까이서 본 아이들 말을 들어보니, 그 고라니는 뒷다리가 하나 부러진 놈이었답니다. 아마 동네 사람들이 몰래 설치한 덫에 걸려 다리를 다친 모양입니다. 그걸 보고 곰 선생이 덤벼들다가 재수 옴 붙었는지 같이 다리가 부러졌으니 원."

김동희는 재미있는 표정으로 교장을 보며 잔에 손을 대었다.

"어째 나도 이상하게 생각하긴 했지. 사람이 어찌 맨손으로 그 날쌘 고라니를 잡을 수 있나. 보긴 봤지. 어쩐지 고라니가 잘 뛰지도 못하더라니."

"직원 회식용으로 안주에 몸을 던졌다가 그만 잡지도 못하고 몸만 다친 고라니 친구인 우리들의 곰, 아니 오 선생의 살신성인의 자세를 교장 선생님께서 알아주셔야 크억, 이런 딸꾹질이 나네. 큭, 아 죄송함다. 오 선생이 다 낫고 돌아오면 표창장이라도 주셔야 합니다요. 저도 그 하해처럼 넓은 마음씨를 기리며 오늘 좀 마시고 있슴다아."

김남훈 선생이 혀가 반쯤 꼬부라진 어투로 교장 앞에 술잔을 가지런히 놓았다.

"내가 잘 알지. 알고말고. 모든 생명체를 사랑하는 인자의 마음씨를 왜 모를까. 직원 회식을 생각하는 마음에서 안줏거리를 도화산에서 찾다가 결정적 순간에 자신을 희생하고 동물을 살린 그 마음, 표창장을 열 장 백 장이라도 줘야지. 안 그렇소? 하하하."

준혁은 사양 없이 술잔을 받으며 교무부장 권영운을 부드럽게 노려보았다. 그 눈을 받은 권영운은,

"교장 선생님. 왜 그렇게 저를 보십니까? 죄 짓고는 못 산다고, 저는 오늘 교장 선생님을 모시지 않고 우리끼리 마신 죄밖에 없슴다."

"그게 자네의 가장 큰 죄일세. 내가 지금 이 자리에서 그 죗값을 톡톡히 받아야겠네. 각오해야 할 걸."

"염려 마십시오. 죗값으로 오늘 술값은 제가 다 내겠습니다. 교장 선생님께서는 대신 마음껏 드셔야 합니다. 제가 오늘 교장 선생님을 한 번 끝까지 모시겠습니다."

권영운의 말에 준혁은 슬며시 웃으며,

"그 정도로는 안 되는데……. 죄가 너무 커서 사고가 난 뒷산 높이보다도 더 높아. 그러니 지금 이 순간부터 자네는 뮤지컬 부장을 겸해야 죗값을 열에 하나라도 갚는 게야. 알겠는가?"

"네에? 아니 무슨 말씀이십니까? 능력도 없이 과분하게 교부부장도 힘든데, 다시 뮤지컬 감독이라니요? 그런 말씀 마십시오. 전 그럴 시간도 능력이 없습니다."

말이 끝나자마자 김동희가 취한 눈을 반짝이며 갑자기 박수를 치기 시작했다. 그러자 김남훈도 역시 맞장구치면서 '부라보! 새로운 뮤지컬 감독님!' 하며 벌떡 일어섰다.

"건달 녀석들을 휘어잡으면서 이번 공연을 이끌어나갈 가장 적임자가 자네야. 그동안 뮤지컬을 위해 서포트도 많이 했지만 그만큼 이해도 깊다는 걸 난 알고 있어. 그리고 자네, 해병대 출신이지? 하하. 답게 한 번 잘해 봐!"

"아 이거 왜 이러십니까? 전 수학과 출신입……."

"곰은 과학 선생이었지."

"자, 이젠 신임 감독을 위해 건배!"

"하 이거 참……."

11. 지난 발자국은 변한다

네 속에서 나를 보고 내 속에서 너를 본다

매일매일 서로서로 호호 불고 닦아본다

아들아 너 때문에 내가 웃고 운단다

인생은 너를 위한 기나긴 여정이란다

아들아 정말 아름다운 생을 살아라

우리의 인연을 행복하게 이어가자

'자식은 나의 거울'이 흘러나오는 체육관 앞에서 홍민
수는 의아하게 생각했다. 수능이 끝난 지 3일째, 민수는 수업을 마치자마자 뛰다시피 내려왔다. 새 감독 권영운 선생이 공연 오 일 전에 최종 리허설을 한다는 말을 들었기 때문이었다. 최종 리허설은 이틀 전에 해야 단점을 바로 보완하고 당일 오전에 드레스 리허설을 해야 실전에 투입할 수 있을 거, 라는 민수의 생각이었지만, '무슨 이유가 있을 것'으로 돌리고 체육관에 들어갔다. 교장과 교감, 선생 십여 명이 흩어져서 연습을 보고 있고, 교장은 수첩을 펼쳐들고 얼굴을 찌푸리면서 연신 무언가를 적고 있었다.

체육관 무대 위에서는 철조망과 빽지와의 주먹 대결이 시작되었다. 무거운 음악이 흐르면서 각목과 야구 방망이를 든 주먹들이 서로를 노려보며 시계침 방향으로 천천히 돌고 있다. 빽지의 쫀달이가 겁이 난 듯 뒤로 숨고 그 앞으로 무식이가 야구 방망이를 들고 앞으로 나섰다. 빽지 두목 영재가 학생복을 단정히 입고 맨주먹으로 앞에 나서자, 철조망 보스 정태수 역시 꽉 끼는 검은 옷을 입고 맨주먹으로 앞에 섰다. 양편이 무대 좌우에서 멈추고 무거운 음악이 그친다.

이어서 인도인 복장을 한 간디 등장. 비폭력을 외치다

가 철조망 패에게 몇 대 맞고 쓰러져 무대 뒤편에서 늘어진다. 아직 연기가 서툴다. 비폭력이라는 뮤지컬 핵심을 제대로 전달하지 못한다.

자, 부셔라!

싸움이 시작되었다. 요란한 효과음. 서로 몽둥이가 날고 주먹과 발길이 허공을 갈랐다. 이때 정태수가 소리친다.

잠깐!

효과음, 멈춘다.

영재, 흉기를 쓰면 서로 망한다. 주먹으로 하자!

좋다!

양편이 손에 들은 흉기를 바닥에 내던지고 다시 맹렬한 격투. 다시 효과음. 가장 볼만한 장면은 양편에 소속된 허공을 뛰어넘는 두 사나이다. 사실 이 두 명은 서울 극단의 스턴트맨 중에 가장 젊은 두 명을 잠시 스카우트해 온 거였다. 그들은 정말 영화의 한 장면처럼 허공을 휙휙 날아다녔다. 그러나 관중은 알 턱이 없겠다. 함성과 비명. 움직임이 격렬해지고 몇 명이 쓰러지자 양쪽 보스는 외친다.

스톱! 멈춰라!

주먹패들이 일제히 멈춘다.

컷! 권영운 감독의 짧은 외마디 소리!

"야, 격투 장면이 너무 길어. 거의 30초나 계속되니 결국 슬로우 모션이 나올 수밖에 없잖아. 20초 이내로 줄여야겠다. 너무 길면 박진감이 사라져서 정말 쇼처럼 보일 수 있어. 알았지? 일용이와 쪼달이가 쓰러지고 양쪽 보스가 서로 맞붙는 장면에서 스톱을 외치는 거야. 그리고 1학년짜리들이 왜 그리 정신이 없어? 인마, 낼모레가 공연이야, 공연. 지금 시시닥거리고 까불 때야? 2학년 몇 놈도 마찬가지고. 진지하게 맡은 역할을 해라. 알겠어?"

"알았슴다!"

무대 위에서 일제히 복창. 순간 교장의 머리가 끄덕인다. 역시 표정은 밝지 못하다.

"이십 분 휴식!"

권 선생이 휴식을 주고 슬그머니 체육관 밖으로 나갔다. 홍민수가 따랐다. 저녁 무렵의 학교 교정은 고요했다. 3학년들은 수능을 마친 후라 오전 수업만 마치고 돌

222

아가고 다른 학년들은 자율학습 중이었다. 산등성이에서 불어오는 늦가을 바람이 그리 차지는 않았다.

"난 정말 최종 리허설인 줄 알았습니다. 언제 하실 건가요?"

권 선생은 담배를 한 대 물고는 깊게 빨았다가 허공으로 길게 뿜었다. 회색 연기가 바람에 흩어졌다.

"걱정입니다, 걱정. 지금 하는 거 봤지요? 이거, 제대로 공연하려면 한 달 더 연습해야 제 꼴이 나올 겁니다. 그래도 할 수 없지요. 진짜 리허설은 이틀 전에 할 계획인데 그땐 정말 몽둥이 들고라도 완벽하게 끌고 갈 겁니다. 다행인 것은 애들이 실전에 강하다는. 저 놈들이 원래 달건이패들이라서 뱃심이 있어요. 그러니까 급작스런 상황이나 관중들 앞에서 떨지 않는단 말이지."

그런 점은 민수도 알고 있었다. 지역민들과 학생들에게 처음 선보일 때, 태백 주먹들에게 그렇게 당하고서도 실전에서는 무난히 연기했던 때를 떠올렸다.

"잘 압니다. 뭐, 지금도 잘 하잖아요. 며칠 더 조이면 훨씬 나아질 겁니다."

라고 말하면서도 민수는 흘깃 권 선생을 쳐다봤다. 역시 지금은 좀 미흡하다, 는 느낌이 있지만 직설적으로 말하기에는 좀 그렇다는 뜻이었다. 그 뜻을 모를 리가 없는 권 선생은 슬쩍 웃으며,

"되는 대로 갑시다. 우리가 뭐 전문 뮤지컬도 아니고. 최대한 할 수 있는 데까지 가보는 거지 뭐. 교장 선생님 표정 봤어요? 애들이 연기하는 꼴에 답답해하는 표정을 넘어 아예 성질이 머리 위로 솟아오르는 것 같던데?"

"그건 그 양반이 전에 공연할 때도 그랬잖아요. 성질이 그런데 뭘 신경 써요? 자신의 작품에 대한 애착도 그렇고 하니, 우리가 이해해야지요."

권 선생은 씩 웃었다.

"저녁 먹을 때가 됐는데…… 오늘은 식당에서 특식으로 닭을 열맷 마리 삶았는데 애들 좋아하겠네. 삼십 명이 그 정도면 적당하겠지. 여학생들도 많으니까. 밤에 소주나 한 잔 합시다. 빠지지 마세요."

학생들은 체육관 무대 위에서 모여 떠들고 있었다. 근식이가 2학년인 빼지 보스 영재에게 거칠게, 그러나 웃음기를 띠며 말했다.

"야, 영재. 너 인마, 혜성이와 사랑 고백할 때는 꼭 껴안아. 아주 꼬옥. 그래야 실감이 나지, 안 그래?"

"진짜 그러다가 혜성이 누나에게 뺨따귀 맞아요. 형은 누나 손매가 얼마나 매운지 모르지요?"

"그으래? 내가 한 번이라도 맞아봤으면 소원이 없겠다. 호호."

"저런 엉큼한 놈아. 넌 아까 내 몽둥이에 등판 한 번 다부지게 맞을 뻔했지만 내 오늘 많이 봐준 거다. 그거나 알고 있어라. 그리고 끝나면 좀 모이자!"

구석에서 여학생 춤을 잠잠히 내려다보던 혜성이가 고개를 살짝 돌리더니 또박또박 자르듯 말했다.

"애, 근식이. 어디 지금 나 한 번 꼬옥 안아줘 봐. 말만 그러지 말고 애들 보는 데서 용기 있게……."

"어? 아, 아냐. 영재 저 녀석이 어설프게 행동하기에 그냥……."

근식이는 말까지 더듬거리며 큰 덩치에 어울리지 않게 얼굴을 붉히고 상욱이 곁으로 몸을 돌렸다.

뽀뽀 해, 뽀뽀 해!

주위에서 일제히 손뼉 치며 소리를 질러댔다. 근식이

는 아예 무대 아래로 실실 내려가 버렸다. 그러자 상욱이가 다가와서, 밤늦게 집에 갈 때 그냥 내빼지 말고 모여서 순대 좀 채우자는 뜻을 전했다. 차가운 마룻바닥에 벌렁 누워 있던 병호가 주위를 찬찬히 살피다가 벌떡 일어나며 영재를 불렀다. 영재가 엉거주춤 다가오자,

"너는 정태수가 스톱, 할 때 바로 스톱하는 게 아니라 잠시 더 액션하다가 좀 의아한 듯한 표정으로 스톱하란 말야. 아까는 태수가 스톱, 하고 말 나오기 무섭게 행동이 멈췄어. 싸우다가 상대방이 스톱한다고 그냥 바로 멈추는 놈이 어딨냐? 알아들어?"

"네, 형님."

영재는 허리를 90도로 꺾으면서 공손히 인사를 했다. 그 모습을 무대 아래에서 보던 학생부장이 김남훈 선생에게 내뱉었다.

"저것들은 연극이나 실재나 항상 하는 짓이 똑같아. 달건이들 평소 하는 태도가 연극에서 그냥 드러나는 거야. 저 인사하는 꼬라지하고는. 쯧."

"그게 그거지 뭐. 제발 평소 하는 행동만이라도 실전에서 제대로 나와 줬으면 좋겠는데."

"야, 미영아. 물 한 컵 떠 와라!"

다시 벌렁 누워서 천장만 바라보며 병호가 소리 질렀
다. 순간 미영이는 정현의 눈치를 살폈다. 정현이는 흘
낏 보다가,

"아예 한 주전자 채워서 갖다 대령해! 실컷 물 먹게."

"흥. 병호도 물 먹을 때가 다 있나."

종우가 옆에서 한 마디 했다. 무대 아래에서 무용 담
당 박 선생의 목소리가 날카롭게 허공을 갈랐다.

"거기 민선이! 한 박자가 늦잖아. 앞하고 보조를 맞춰!
상화, 그렇지. 양손을 쭉 뻗고 허리는 약간 숙여! 그래,
그렇게!"

여학생들의 짧은 치마가 팔랑거리며 돌았다.

"자, 다시 시작하자! 먼저 결투 장면은 전에 말했듯이
일용이와 쪼달이가 쓰러지고 바로 스톱하는 거야. 그게
이십 초 정도에서 그쳐야 돼. 그리고 막장에서 일하다가
사고 나는 장면. 이건 정말 하이라이트야. 특히 사고가
난 후 무식이와 쪼달이는 진짜로 울어야 돼. 한 번 울어
봐! 상황을 상상하면서. 너희들이 정말로 막장에 들어와
서, 그 뜨거운 열기를 온몸으로 받으며 일하는 아버지를

상상하고, 사고가 났을 때의 절망감을 실재로 느끼면서 우는 거야. 영화 안 봤어? 배우들이 절망과 슬픔에 잠겼을 때 눈물을 흘리는 거, 봤지? 한 번 그렇게 해봐. 진짜로! 자아— 준빗!"

다시 격투. 역시 서울 극단에서 온 스턴트맨들의 활약이 볼거리였다. 주먹패들의 위로 날아다니면서 상대방을 제압하는 행동은 볼만했다.

"스톱! 좋았어! 그러면 막장! 그리고 스태프, 너희들은 사고 나는 효과음이 들리면 돌을 무대 옆에서 바로 던지는 거야. 그게 사고 소리와 동시에 던져야 돼. 알았지? 고오!"

학생 주먹패와 사회 주먹패 간의 싸움이 학교에 알려지자, 처벌 문제로 골머리를 앓던 학교에서는 학생들을 탄광 막장 체험을 하게 하여 아버지들의 어려움을 직접 체험할 수 있도록 한 중요 장면.

광부들과 학생들이 어두운 조명 속에서 일하고 있다. 광부들의 재촉. 학생들은 서서히 지쳐가고, 하나 둘 웃통을 벗기 시작한다. 갑자기 망치가 삽을 내던지며 운다.

쪼달아, 나 아버지가 이렇게 깊은 곳에서 일하실 줄은 몰랐어. 아예 생각을 해 본 적이 없었어. 흐윽 흐으……. 아버지한테 정말 미안해.

야, 진정해! 우리가 학교에서 수업 중에 그냥 졸고 있을 때에도 아버지는 이런 곳에서 일하고 계셨던 거야. 이 무더위 속에서 말야.

망치와 쪼달이가 같이 부둥켜안고 울음을 터트린다.

"좋아, 좋았어. 그렇게 정말 울어야지. 계속! 병호, 아니 광부는 계속 학생들에게 일 하라고 재촉하고."

늙은 광부인 병호.

시끄럽다 이놈들아. 이게 뭐가 힘들어. 우린 평생 이렇게 일해 왔어. 이렇게 주저앉아서 언제 작업량을 채울래? 엉? 이놈들아!

난 지금까지 울어본 적이 없었어. 겁나는 것도 없었어. 그러나 이런 곳은 아니야. 너무 무덥고 답답해. 나 이제 밖에 나가면 정말 잘할 거야. 아버지한테 정말 효도할 거야.

이때 '쿠웅' 하는 갱도 무너지는 소리. 이어 검은 석탄

더미가 떨어지고, 비명소리. 순간 어두워진다.

뭐야, 무슨 소리야? 갱이 무너졌나?

조용히 해라. 침착해! 모두 가만히 제 자리에 앉아 머리를 숙여라.

사고다! 너희들 가만히 머리 숙이고 있어라. 곧 구조될 거니까 당황하지 말고.

아저씨, 우리 죽어요?

이 자석아, 죽긴 왜 죽어. 우리도 몇 번이나 이런 경우가 있었어. 침착하고 몸을 숙이고 있으면 돼. 곧 구조대가 올 거야.

병호는 고참 광부답게 학생들을 다독였다.

왜 이리 어두워요? 정말 무서워요. 이 불빛이 다 꺼지기 전에 난 부모님께 마지막 말을 남겨야겠어요. 아버지, 살아나가면 아버지의 가슴에 박힌 못을 다 빼 드릴게요.

제가 살아나가게 되면 아버지는 새로운 무식이를 보게 될 거예요. 그동안 너무 죄송했어요, 아버지, 아, 아버지!

사방에서 우는 소리. 아버지를 찾는 소리.

"좋아. 잘하고 있어. 자, '아버지는 나의 영웅' 노래!"

아버지 당신은 영웅입니다. 작은 줄만 알았었는데,
이렇게 힘들게 일하실 줄은 정말 몰랐어요.
그러나 나 아버지 있어 언제나 당당하고 씩씩하죠.
이제는 아버지 웃으세요, 당신은 위대한 영웅입니다.

쪼달이가 옆으로 픽 쓰러진다. 옆에서 망치가 황급히
쪼달이를 안는다.
쪼달아, 힘 내. 마음을 굳게 먹어. 산업전사의 아들은
이런 난관에 두려워해서는 안 돼. 우린 굳게 뭉쳐 이곳
에서 벗어나야 돼. 쪼달아!
아, 쪼달아. 정신 차려. 힘드는 건 우리도 마찬가지야.
정신 차려, 쪼달아!
…… …… …… …… …… ……
이때, 엠브란스 소리. 웅성대는 소리. 간디 목소리! 멀
리서 가늘게 들려온다.
형님들, 저 간디예요. 모두 무사하시죠?
……?

저 목소리! 살았다!

노래, '졸업이다!'

자율학습과 엄격한 학교 규칙
우리 마음대로 할 수가 있었어요.
배낭 여행하면서 세계 일주도 하고
아름다운 여친과 사랑 나눠요.
저 푸른 하늘 위로 뛰어올라 마음껏 소리 질러 봐
그곳은 우리의 꿈과 사랑 펼쳐질 희망의 미래

"캇! 좋아, 좋았어. 아주 좋았어. 실전에서도 그렇게
하는 거야."
늦게까지 지켜보던 선생들의 박수소리가 요란했다.
형식적인 박수가 아니라 마음에 힘이 들어간 박수였다.
교장의 얼굴이 조금 펴졌다.

밤참으로 닭고기를 맛있게 먹고 나니 밤 아홉 반이
넘었다. 병호는 종우, 상욱, 근식이와 같이 느티로를 따

라 내려갔다. 뒤에 멀리서 민선이와 정현이가 따라오고 있었다. 피곤한 걸음이었다. 오늘은 오후부터 밤까지 체육관에서 노래와 액션에 묻혀 파김치가 된 느낌이었다. 셋은 길 오른쪽 사택 골목의 상욱이 자취방으로 들어갔다. 뒤 이어 민선이와 정현이가 문 밖에서 머뭇거리자 종우가 들어오라는 손짓을 보냈다. 상욱은 벽에 비스듬히 기대면서,

"오늘 좀 피곤했어. 나중에는 지루해서 혼났다. 우리도 그렇지만 여자애들은 종일 흔드느라고 허리 부러졌겠어. 그 선생이 너무 지독하더라. 얼굴은 예쁜데 목소리는 왜 그리도 째지는지. 애들한테 지적할 때는 공기가 막 갈라지는 것 같아. 야, 담배 좀 꺼내라. 그런데 오후에 신임감독께서 얼마나 애들을 족치는지 원. 감독 티를 내는 것 같아"

"아이 오빠 참, 별소릴 다해. 권 쌤이 보기보단 얼마나 부드러운데, 그리고 안무 쌤이 워낙 세심하셔서 그래. 오빠는 뭘 모르면서 투덜대기만 해."

민선이가 상욱을 빤히 쳐다보며 웃으며 말했다.

"곰이 좋았어. 말은 별로 없었지만 은근히 인정이 많

았지. 권영운은 너무 칼 같아. 면도칼이야."

병호는 종우가 떠들면서 내놓은 담배를 집으면서 조용히 말했다.

"그럼 네가 감독이라면 공연이 낼 모렌데 녹은 엿가락처럼 축축 늘어지게 연습시킬 거야?"

"권영운이 칼은 맞지만 조잡스럽지는 않잖아. 봐줄 땐 시원하게 봐주잖아. 해병대 출신이 발끈하면 박살이지만 평소 어디 그랬어?"

"난 좋기만 하던데? 오빠들에게는 모르지만 우리들에게는 인정 팍팍 넘쳐. 어젠 밤에 진베이커리 앞에서 만났는데, 열심히 하라고 빵도 사줬어. 아빠처럼."

"야 민선이, 그건 여자애들에겐 소리칠 것도 없고, 그래서 그런 거야. 저런 병호 같은 애들 봐라. 몸속에 불만으로 꽉 찬 것만 같은 저 모습! 흐흐. 누가 떡이나 하나 사주겠어?"

종우가 머리를 박고 담배만 피워대는 병호를 보고 킥킥댔다. 병호는 그런 종우를 거들떠보지도 않았다.

"종우야, 오늘 왜 김윤주 안 데리고 왔어? 만날 죽자 살자 붙어 다니더니……. 여기 끝내고 더 좋은 곳에서 보려고?"

정현이가 놀리는 말을 하자,

"싱거운 소리 마!"

종우는 병호를 흘낏 보며 소리쳤다. 음성이 좀 컸다. 여자애들 앞에서 윤주 얘기는 될 수 있는 대로 피하고 싶은 마음이었다.

"꼭 초딩들 노는 것처럼 떠드네. 야, 너희들 그런 얘긴 좀 주둥이 속에 밀어 넣고 있어라. 꼭 그렇게 어린애들 처럼 나불거려야 속 편하냐? 말 안하면 혓바닥이 바늘이 돋냐?"

근식이가 익살맞은 표정으로 좌중을 둘러보며 말했다. 이야기를 듣는 둥 마는 둥 병호는 고개를 들고 종우를 보더니 엄지와 검지를 동그랗게 모으고 고개를 살짝 위로 젖혔다. 돈 있느냐, 는 뜻. 종우는 얼굴을 양옆으로 흔들었다. 그리고는 여자애들을 바라봤다. 여자애들은 항상 비상금 몇 푼은 갖고 다니는 법이다. 병호도 여자애들을 보면서 부드럽게 말했다.

"정현아, 비상금이 있으면 이만 원만 줘."

"흥. 넌 왜 나에게만 달라고 그래? 얘 민선아, 미영이 좀 불러라. 오빠가 돈 달라면 날름 달려올 텐데."

부드럽던 병호의 얼굴이 찌그러지면서 정현을 흘기
자 정현이는 머뭇머뭇 지갑에서 파란 지폐 두 장을 꺼내
더니 상욱 앞으로 밀었다. 그리고는 민선이 옆으로 바짝
다가앉았다. 병호는 돈을 들고 밖으로 나왔다. 밤기운이
싸늘했다. 가까운 미니슈퍼로 갈까 했으나 늘 가던 식육
식당 옆 구멍가게로 향했다. 미니슈퍼에서는 술을 살 수
없다. 우겨대면 살 수도 있었지만 슈퍼 아주머니와 싸우
기도 싫었다. 자주 들르던 구멍가게 할머니는 병호가 가
면 아무거나 다 내주었다. 소주 세 병과 사이다, 그리고
비스킷 몇 봉지. 감나무 우듬지에 듬성듬성 달린 까치밥
사이로 살진 초승달이 비스듬히 걸렸다. 묵묵히 초승달
을 쳐다봤다.

곰 생각이 났다. 삼척 시내 병원에 벌러덩 누워 있던 곰.

사고가 난 지 며칠 후 토요일 저녁 시간 때였다. 곰은
삼 층 2인용 병실에 있었다. '오형식' 이름이 적힌 문을
열고 들어가니 침대가 두 개인데 하나는 아직 비어 있었
다. 곰은 깁스를 한 왼발을 대포처럼 정면에 세우고, 들

어오는 우리들을 노려보고 있었다. 입구 쪽 침대 모서리에 베개를 두 개 포개 얹고, 그 위에 곰의 무지막지한 왼발이 놓여 있었다. 금이 죽죽 간 붉은 발바닥 위로 붙은 다섯 개의 발가락 중에 엄지발가락이 어린애 주먹만큼이나 솟아 곰의 얼굴을 반이나 가리고 있었다. 평소 엄숙하던 곰의 모습이 다분히 희극적으로 보여서 들어서던 미영이가 킥 웃었다.

"어허, 이 귀신들 봐라. 상욱이 아니 두목, 병호, 아니지 철조망 부두목. 근식이 녀석도. 미영이 아니냐? 삥지 두목도 오셨네. 늦은 저녁에 무슨 시간이 나서 이 먼 삼척 시내까지 들르셨나?"

"쌤, 여기 종자들이 왔습니다. 쌤 종자들입니다."

"종자? 어허허허…… 그래 종자들이 왔어?"

'종자'란 곰이 수업 중이든가 뮤지컬 연습할 때 학생들을 부르던 호칭이었다. 곰이 어릴 때 할머니가 화가 나서 곰에게 꾸중할 때면 빠짐없이 등장하는 말이 '종자'였다. '요노므 종자가 심부름은 안 하고 어디 가서 놀다가 지금 기웃이 집구석에 들어오나. 종자들이 도대체 집에 붙어 있는 적이 없고마.' 그 말이 곰의 뇌리에 깊이

박혀 있어서 수업 중이거나 평소 학생들을 지칭할 때 스스럼없이 튀어나오는 말이었다.

"아이 쌤, 이게 뭐예요? 만날 소리치며 윽박지르던 쌤이 이젠 하늘로 대포도 쏩니까? 발이 뭔 죄가 있다고 이러세요?"

근식이가 놀리는 듯 말하자 모두 한 마디씩 던졌다. 엄숙하던 분위기가 떴다.

"왜? 이 종자들이 아직도 내 맘 몰라주네. 내가 너희들 먹여 살리려고, 고라니 한 마리 잡아서 회식하려 했는데 그만 요 모양 요 꼴에 머물렀다는 사실, 알고나 있냐? 괘씸한 종자들 같으니라구."

"좀 어떠세요? 쌤들 말씀에 석 달 정도 계셔야 한다고 들었는데."

상욱이 낮은 음성으로 말했다.

"그래, 석 달. 이번 겨울은 이곳에서 따뜻하게 보내야 할 팔잔가 보다. 너희들은 어떠냐? 공연이 코앞인데 그것도 걱정이고. 권영운 선생님이 감독하신다며? 평소 관심이 많은 분이신데, 잘 됐다. 나하고도 친한 사이고."

"친한 정도가 아니라 아예 술로 맺어진 형제 사이 아

닌가요? 늦게 시장터에 항상 두 분이 함께 술 마시는 걸 모르는 애들이 없어요."

병호는 씩 웃었다.

"이놈아, 볼 것만 보고 다녀라. 애 자식이 눈은 커서. 우리가 왜 만날 밤늦게 그 집에 죽치는 줄 알아? 다 너희들 탓이다. 네 녀석들이 하도 그 부근에 들락거려서 감시하러 있는 거야. 알아? 피곤을 무릅쓰고 쉬지도 못하고 말야."

말은 진지하지만 얼굴에서 장난기가 막 삐져나온다. 병호가,

"에이, 쌤. 저희들이 언제 그런 곳에 나다닌다고 그러세요? 저흰 착한 학생들입니다. 3학년 들어 당최 그런 곳에 밤늦게 다녀 본 적이 없다는 걸 쌤도 잘 아시면서……."

옆의 미영이다 다시 킥 웃었다. 상욱이와 종우는 그저 실실 얼굴만 굴렸다.

"하아, 그래, 맞다. 다 맞고, 곧 다가올 공연이나 제대로 해라. 너들 못된 짓하는 게 문제가 아니라 공연이 문제다. 아참, 그러고 보니 너희들은 원래부터 범생이었

지. 내가 다리가 부러지니 이젠 막 오락가락하네."

서로 죽이 맞아떨어졌다.

"이제야 병원에서 옳은 말씀 듣습니다. 저흰 태생부터 범생인데 괜히 남들이 이상하게 보더라고요. 쌤이 저흴 바로 보시니 우리도 제대로 말씀드리지요. 요즘 눈코 뜰 사이 없이 연습에 전념하고 있습다. 밤에 집에 가면 그냥 나가떨어진다고요."

"병호 말이 맞아요. 요즘 정말 정신없이 하루가 지나갑니다. 새로 맡은 권영운 쌤도 좋고요. 아, 그리고 안무 쌤이 아예 학교 관사에서 숙식하며 지도하시는데 애들도 잘 따르고, 하여간 열심히 하고 있어요."

"아침 등교하면 잠깐 사이에 저녁입니다. 정신없어요."

상욱이와 근식이가 보조를 맞췄다. 미영이는 옆에서 가만히 있기만 했다. 미영이는 곰에게 미안한 마음이 아직 남아 있는 탓이었다. 병호가 많은 여학생들 중 유독 2학년인 미영이에게 곰 문병을 같이 가자고 했을 때부터 미영이는 그 뜻을 알아차렸다.

"그래, 너희들이 그렇게 온몸으로 전념할 데가 있다는 게 얼마나 좋냐? 내가 너희들과 같이 지낸 2년을 생각해

보니 정말 순식간에 지나간 것 같아. 이곳에 며칠 누워서 지난 일을 많이 생각했어. 전근 와서 너희들을 처음 대했을 때부터 지금까지 모든 일들이 머릿속에서 필름처럼 스쳐가는 거야. 사고뭉테기 너희들과 같이 지내면서 웃고 울던 때도 이젠 그리움으로 다가오더구나. 그리고 너희들을 부드럽게 대하지 못하고 험하게 대했던 모든 일들……. 지금은 후회뿐이야. 순간순간 내가 너희들에게 너무 심하게 대한 것 같기도 하고. 아니, 같은 게 아니라 그냥 심했어. 부드럽게 해도 될 일을 소리소리 지르고 욕설도 내뱉고……."

차츰 곰의 목소리에 습기가 배어들었다.

"아닙니다. 만약 선생님이 저희들에게 편하게 대했더라면 저흰 아마 말도 제대로 듣지 않았을 겁니다. 선생님의 큰 소리도 욕설도 그 속에 인정이 담겼다는 걸 우리들은 다 알고 있었습니다. 우리 청심회에서 못된 짓을 해도 이해해주신 분이 선생님과 학생부장님이셨고요. 그리고 선생님이 학교에서 처음으로 저희들을 학생 취급을 해준 분입니다……."

병호의 말이 낮게 잦아졌다. 호칭이 '쌤'에서 '선생님'

으로 바뀌었다.

"맞아요, 선생님. 그 전에 우리가 언제 제대로 학생 취급 받아봤습니까? 지각해서 욕먹고 수업 중에 뻥이 쳤다고 욕먹고, 성적 나쁘다고, 떠든다고……. 뮤지컬에 들어와서 선생님께 처음으로 학생 취급받았습니다. 그 후부터 다른 선생님들도 우릴 조금씩 달리 보더라고요."

"전 학교가 싫었어요. 아침에 일어나서 교복을 입는 것조차 귀찮았어요. 그런데 지금은 뮤지컬 때문에 학교 간다고요, 제가 선생님께 처음 뮤지컬에 들어간다고 했을 때부터 선생님이 그동안 우리에게 얼마나 잘해주셨는지 아세요? 아무리 욕하고 소리 질러도 우린 다 알고 있었다고요."

"제가 사고를 치고 선생님께 얼마나 야단맞았습니까? 그런데도 하나도 원망이 안 들더라고요. 그건 선생님이 평소 우악스럽게 대해주셨지만 우린 선생님을 잘 알고 있었기 때문이었어요. 공부? 그까짓 공부는 필요 없어요. 선생님도 잘 알고 계셨어요. 그래서 야단치시면서도 우리를 사람 취급해주셨고요."

"사실 전 공부가 정말 싫어요. 죽도록 싫어요. 왜 학교는 빌어먹을 공부만 강요하는지 모르겠어요. 공부 외에 세상에 할 일이 얼마나 많아요? 사실 도계 부자들이 공부 잘해서 부자된 건 아니잖아요. 그렇지요, 선생님? 저는 뮤지컬이 맞아요. 죽이 되든 밥이 되든 그냥 나갈 겁니다. 그리고 졸업 후에 제가 할 수 있는 가장 작은 일부터 시작하겠어요. 작은 나무도 크게 자랄 수 있잖아요. 그동안 선생님은 항상 따뜻했어요. 어휴—."

"으흐, 선생님. 오빠들 말이 맞아요…… 맞아요. 선생님은 항상 따뜻했어요. 그리고……전에 죄송했어요. 죄송 흐으으……."

미영이의 전신에서 울음이 흘러나왔다. 그러자 좁은 병실 의자에 걸터앉아 저마다 한 마디씩 내뱉던 학생들이 갑자기 전염이나 된 듯 훌쩍거리기 시작했다. 지난 이년 삼년의 시간이 일시에 이들의 머릿속으로 헤집고 들어와서 가슴으로 솟구치고 있었다. 뮤지컬에 들어오기 전의 거칠었던 과거의 행동, 선생들에게 들던 수많은 욕설과 꾸지람, 주위에서 전해지던 서러운 눈초리……. 그 모든 것들이 지금 터져 나오는 울음으로써 남아 있던 마음의 벽을 한순간 녹여 버린 듯했다.

"아 이 녀석들이 갑자기 왜들 이래. 사람 쑥스럽게스리. 야, 미영이. 거기 휴지 좀 가져와라. 에이 망할 종자들 같으니."

미영이보다 근식이가 먼저 휴지통에서 휴지 몇 장을 꺼내어 두 겹으로 접어서 공손히 드렸다. 곰은 코를 세게 풀었다. 눈자위가 붉어지고 물기에 젖어 있었다. 잠시 고요―. 모두 가는 숨만 몰아쉬었다.

"원래 너희들은 착했어. 단지 주변 상황이 너희들을 엉뚱한 길로 몰아간 거야. 휴― 하지만 지금은 그렇지 않아. 공부는 형식일 뿐이야. 지금은 가장 중요한 열정이란 곳에서 너희들이 숨 쉬고 있어. 병호 근식이 상욱이 세 명은 곧 졸업하고, 이젠 그 열정을 펼칠 수 있는 세상에 가는 거야. 사람이라고 다 사람이 아니야. 열정이 없으면 식통처럼 속에 밥만 넣고 다니는 인간일 뿐이지만 너흰 그 열정을 안고 나가니, 복덩이를 품은 것과 같아. 그건 절대로 버리지 마!"

다섯 학생들은 대답이 없었다. 조금씩 잦아드는 흐느낌으로 대답을 대신하고 있었다. 손등으로 눈 주위를 쓱 닦아내던 근식이가 겨우 한 마디 했다.

"고맙습다, 선생님!"

"네, 잊지 않겠어요. 열정……."

깊은 물속으로 잠겨드는 듯한 미영이의 목소리였다.

"에이 쌤. 분위기가 영 그러네요. 천하의 곰이 우시다뇨? 안 어울려요. 그냥 저희들에게 큰소리치세요. 욕설도 퍼지게 하시고요. 우리에겐 그게 더 잘 먹혀요. 안 그래?"

충혈된 눈으로 병호가 친구들을 분위기에 동참시켰다. 호칭은 슬며시 '선생님'에서 '쌤'으로 바뀌었다.

"헤헤 맞아요. 우린 그런 말이 더 어울려요. 그런데 학교에서 소문이 퍼졌어요. 곰이 고라니에게 케오 패 당했다고."

"아니, 어떤 놈들이 그딴 소릴 함부로 뇌까리더냐? 그런 망할……."

"놈들이 아니라 년놈들인데요."

"떽!"

곰이 소리를 지르자 미영이가 킥 웃었다.

"인마, 케오 패가 아니라 지형상의 허점에 의한 작전상 후퇴야! 내 곧 퇴원하면 내만한 고라니 한 마리를 보란 듯이 잡아 올릴 테니 봐라!"

"세상에 지형을 따지는 곰도 있어요?"

"히히 앞에 있…….'"

"아니, 이 짜석들이!"

이때 병실 문을 가볍게 두드리는 소리가 났다. 가까이에 있던 병호가 열면서, 순간 고개를 숙였다. 뮤지컬 부원들은 곰의 부인을 알고 있었다. 가끔 학교 숙소에 반찬통을 들고 오는 모습에 익숙했다. 학생들은 일제히 일어나 고개를 숙였다.

"쌤, 사모님 오셨는데요?"

"응?"

"오매, 웬 학생들이 멀리서도 왔네. 앉아요. 마침 과일도 좀 사 왔는데."

"이 녀석들이 공연히 와서 나만 애먹이네."

"이구, 심심하다고 만날 이리저리 뒹굴더니 잘 왔지뭐요. 그런데 학생들 눈이 다 충혈됐네. 당신도 그런 것같은데……?"

"아니야. 거 왜 있잖아. 뮤지컬 대본에서 아버지 생각하고 우는 장면. 그걸 연습하고 있었어."

"그런데 학생들은 그렇더라도 당신은 왜 그런데요?"

"하 거참. 선생이 솔선수범해야 애들이 따르지! 원 별소릴 다 하네."

그 후로는 뵙지 못했다. 가끔 전화로 인사를 드렸을 뿐이었다.

잠시 초승달을 쳐다보며 생각에 잠겨 있던 병호는 다시 구멍가게로 가서 소주를 다른 과자와 음료수로 바꿨다. 할머니가 병호를 맹하게 쳐다보자,

"속이 아파서 못 마셔요."

병호가 커다란 비닐봉지를 들고 방으로 들어가자 상욱이가 제일 반색하며 봉지를 받았다. 봉지를 성급히 풀더니,

"뭐야 이거, 과자와 사이다뿐이네. 왜 술은 없어?"

"네 핏속에 알코올 농도가 지나치게 높은 것 같아서다 생각해서 가져온 거니, 목마르면 사이다나 마셔라. 자, 정현아. 과자봉지를 다 뜯어."

종우도 끼어들었다.

"참 많이 변했네. 완전 범생이가 다 됐어. 정현아, 너

가 병호를 다 뜯어고친 게 아냐? 쟤가 왜 저래?"

"난 몰라. 어느 날 갑자기 저리 됐나봐. 웬만하면 담배도 좀 끊었으면."

"씰데없이 헛소리야. 헛바닥 심심하면 과자나 먹어라!"

근식이가 싱글거리면서 한 마디 던졌다.

"여친 있는 애들은 내일을 모른다더라. 병호 저 꼴 봐라. 한때 술 처먹고 초등학교 테니스장 네트를 갈가리 찢어 버리던 병호가 그립다 그리워. 난 이제 누구하고 놀아야 되는지 원. 여친이 하나 있나…… 친구마저 다 떠나고, 그래, 외로움이 친구로구나. 친구 하나 조오타!"

뒤로 벌렁 자빠져 버렸다. 그리고 덧붙였다.

"야, 술 마시려면 나가 마셔라. 난 속도 아프고 그럴 마음이 사라졌다."

"애, 근식이가 외롭단다."

"지금 보니 완전 외로움 그 자체네. 에그 불쌍. 오빠야, 기다리면 복이 온다고 했지? 무조건 기다리는 게야. 그럼 혹 처녀 귀신이라도 오빠 손목 잡으러 올지 누가 알아요?"

"그래, 내가 죽고 만다. 잘 먹고 자알들 살아라아."

"넉살 그만 떨고 일어나 봐. 우리 이러고 있을 때가 아니잖아. 이제 공연이 진짜 코앞인데 일 학년들이 도무지 규율이 안 잡혀. 오늘 봐라. 짜석들이 연습 중에서도 시시닥거리며 까불어대는 꼴 봤지? 그것들을 낼 내가 꽉 내리족칠 거다. 한동안 오냐오냐했더니 아주 태도가 엉망이야. 근식이 너도 요즘 후배들한테 너무 무관심해. 전처럼 좀 세게 돌려! 상욱아, 내일 군기 좀 잡자!"

"거 좋다. 요즘 후배들이 진짜로 너무 늘어졌어. 여학생들은 제법 하는데, 남자 새끼들이 말을 안 들어먹어."

"때리지는 말고. 이제 곧 공연인데 공연히 애들 엄마 잔소리 들을 필요는 없는 일이고. 하여간 우리 셋이 낼 확실히 해놓자. 알았지?"

"그건 내일 일이고, 근데 너 요즘 왜 그러냐? 어디 아프냐? 청심회 후배들이 뭐라는 줄 알아? 너 땜에 죽겠다더라."

말하면서 종우가 병호 앞으로 다가앉았다.

"뭔 소리야, 그게?"

"너, 며칠 전에 2학년 애들이 화장실에서 담배 핀 거

보고 욕사발을 퍼부었다면서? 자기가 핀 꽁초를 다 주워 오라고 소리치기도 하고. 야 인마, 넌 안 그랬어? 전엔 노상 화장실에서 피워댔잖아. 자기는 괜찮고 다른 놈은 안 된다아 이거야?"

종우는 작심이나 한 듯 빠르게 말을 내뱉었다.

"그리고 나도 들었는데, 청심회 모임은 교내에서 일절 금하게 했다며? 어제 2학년 희열이가 1학년 후배들을 화장실 뒤에 집합시켰는데 너가 나서서 해산시켰다고 하더라. 야, 너가 그러면 우린 뭐가 되냐? 너가 회장이지만 그래도 우리에게 뭔가 한 마디 말이라도 해줘야 할 게 아니야. 지금 3학년들도 너를 이상하게 보고 있는 거, 알아?"

병호는 종우 얼굴을 빤히 쳐다보며 듣다가 중간쯤부터는 고개를 숙이고 듣고 있었다. 앞에 놓인 담뱃갑에서 한 개비를 슬그머니 꺼내어 입에 물고 라이터를 켰다. 그러다가 다시 꺼버렸다.

"병호도 무슨 생각이 있어서 그랬겠지. 그냥 순간 기분으로 그랬을 리는 없었을 테고. 그래도 하여간 뭔가 달라지긴 했어. 난 가끔 내가 알던 병호가 아니라 어디서 전학 온 애처럼 생각날 때도 있어. 며칠 전 체육관 뒤에서 담배 필 때도 넌 우리에게 신경질을 내고. 하여간……. 그래, 좋아. 뭔가가 있겠지."

상욱도 끼어들었다. 그러나 병호에 대한 두터운 마음을 바닥에 깔고 이야기했다. 벽에 비스듬히 기대어 이야기를 듣고 있는 근식이는 심각한 표정이었다. 사실 병호가 서클 회장이지만 듬직한 근식이의 파워는 동급생이나 후배들에게 절대적이었다. 물론 친구들이나 후배들의 불평을 근식이가 모를 리가 없었다. 그러나 그런 울림을 가슴에 차곡차곡 쌓아두고만 있었다. 초등학교 때부터 친했던 병호에 대한 믿음과 요즘의 변신 사이에서 어떤 연결고리가 끊어진 것 같기도 했고, 그 뒷면에는 분명 이어진 가느다란 실타래 같은 것을 느끼기도 했다. 때문에 근식이는 가만히 보고만 있었을 뿐이었다.

"우리가 어디 하루 이틀 지낸 것도 아니고, 하여간 난 너를 이해하기 힘들어졌어. 말 나온 김에 이 자리에서 털어놓자! 우리끼린데 못할 말이 어딨어?"

종우는 말을 마치고 상욱과 근식이를 둘러보았다. 그리고 정현이를 보고 슬쩍 웃었다. 역시 '이런 이야기가 필요할 때도 됐지 않으냐'는 눈길이었다. 병호는 주위를 둘러보다가 종우에게 부드러운 표정으로 멈췄다. 잠시 종우의 얼굴을 보던 병호가 입을 열었다.

"그러고 보니 내가 너희들에게, 친구들에게 많이 미안하네…… 맞아, 다 맞는 말이야. 사실 나도 가끔 내가 왜 이렇게 됐는지 의문이 들 때도 있으니까. 종우 말대로 너나 나나 다 건달 짓으로 지금까지 지내온 건 맞아. 사실 우리가 작년 초까지만 해도 얼마나 못된 짓 많이 했나."

모두 병호의 말을 듣고 있었다.

"이건 내 문제만은 아니었지. 우리 모두 그랬으니까. 학생이면서도 교칙 따위는 밟아버리고 우리 서클의 규칙으로만 지내왔었지. 작년에 학생부장한데 얻어맞던 일을 생각하면 참 끔찍했어. 그때 삼층 교실에서 난 그냥 무자비하게 얻어맞았어."

병호는 잠시 가만있다가 다시 차분하게 말했다.

"그때 난 그냥 얻어맞았어. 처음에는 대항도 하고 피하기도 하고. 알다시피 송경국이 어떤 선생이냐. 안 되겠더라고. 그러다가 갑자기 죽고 싶어졌어. 집에는 죽어도 들어가기 싫고, 학교도 싫고. 에이, 이럴 바에야 차라리 맞아 죽자. 주먹을 손으로 막다가 가만히 그냥 얻어맞고만 있으니 송경국이도 갑자기 가만히 있더라고. 그러더니 송경국이 한숨을 길게 쉬었던가…… 바로 그 한숨 소리에 내가 늘어졌나 봐. 나도 모르게 빌었지. 죄송하다고. 뭔지 몰라도 하여튼 죄송하다고 싹싹 빌었어. 너희들도 잘 알고 있는 일이지만 내가 빌었다는 건 모를 거야."

모두 조용했다. 민선이와 정현이는 고개를 푹 숙이고 듣고 있었지만 어깨가 미세하게 떨리고 있음을 근식이는 눈치 챘다.

"그날 밤에 경국 선생이 휴대폰으로 날 부르더라고. 어딘지 알아? 바로 자기 관사로 불렀어. 밤이 좀 늦었지. 들어가 보니 방바닥에 신문지를 깔고 혼자 마른 오징어 안주로 소주를 마시고 있더라."

병호의 말이 잠기기 시작했다.

"벌써 많이 취했더라고. 나한테도 잔을 주는 거야. 아주 컵으로 주더라. 욕은 연방 하면서. 이 쌔끼야, 처먹어! 안 처먹어? 할 수 없이 난 주는 대로 마셨지. 근데 말이야. 컵으로 마셨는데도 이상하게 안 취하더라고. 내가 내 주량을 어느 정도 알고 있는데, 그날 밤은 한없이 들어갔어."

병호의 고개가 점점 수그러졌다. 목소리는 가늘게 떨렸다. 모두 숨을 죽였다.

"그러다가, 야, 사이다 좀 마시자!"

민선이가 컵에 사이다를 따랐다, 병호는 단숨에 들이켰다.

"후— 고개를 번쩍 들던 송경국이 뭐랬는지 알아?"

병호는 고개를 들었다.

'이 쌔꺄, 너들 노는 거, 그런 거, 내 다 알아. 나도 한때는 그런 세계 맛을 좀 본 적이 있어. 너 집? 좋다. 환경이 그렇다고 치자. 다 좋다. 그러니, 멋대로 해봐. 나한테 그렇게 얻어터지고도 네놈이 또 그런 놈이라면, 차라리 내버려두겠다. 네놈이 앞으로 어떤 놈이 되든, 개돼지가 되든 망아지가 되든 내버려두겠어. 퇴학당하고, 어디 너 멋대로, 맘대로 해봐. 맘대로 햇!'

병호는 잠시 가늘게 숨을 고르고,

"이상하게도 그 '내버려 두겠다'는 말을 듣자마자 난

몸이 떨리더라고. 나도 몰라. 왜 그렇게 떨렸는지. 지난 시간이 한순간에 머릿속을 스치는 느낌이었어. 온몸의 힘이 다 달아나는 것 같았어. 난 그냥 엎드렸지. 넙죽 엎드려서 잘못했다고, 다시는 몹쓸 짓 하지 않겠다고……어흑!"

정현이가 흑, 하고 두 손으로 얼굴을 감쌌다. 그러자 민선이가 정현이를 두 팔로 꼭 껴안았다. 따지고 들던 종우, 상욱도 고개를 숙이고만 있었다. 근식이만 천장을 쳐다보면서 뭐라고 중얼거렸다. 침묵은 때로는 사람의 표피를 줄여주기도 한다는 사실이 머릿속에서 작은 먼지처럼 솟아났다. 모두 차츰 난쟁이처럼 되어 갔다.

"그 후로, 난 자신이 싫어졌어. 그냥 평범해지고 싶더라고. 남들처럼 선생들한테 인정도 받고, 교칙도 지키고. 물론 그게 한순간에 되는 건 아니지. 개 버릇 남 주는 것도 아니고. 그 후에도 가끔 설치기도 했어. 그건 너들도 잘 알고 있을 거야. 하지만, 하지만 말이야……만날 옛날처럼 그렇게 지낼 수는 없는 일 아냐? 뭔가 좀 돼 보자! 죽이 되든 밥이 되든, 걸어가든 기어가든, 가기는 가 보자—!"

잠시 숨을 죽였다.

"이런 생각을 지금 너희들에게 털어놓는다는 게 그리 쉽지는 않았어. 거 왜 우리들 행동 있잖아. 지금까지 계속 물들어 온 것들 속에서 청심회 회장인 내가 벗어나는 것, 꼭 배반자 같은 느낌 있지? 그것 때문이기도 하고. 하여간 좀 망설여지더라고……. 그래, 나 지금 다 말했어, 말하고 나니 속이 후련하네!"

"병호야!"

정현이 눈물범벅이 된 눈으로 병호를 바라보았다. 다른 애들은 아직도 고개를 숙이고만 있었다. 근식이는 역시 천장만 바라보았다.

갑자기 고개만 푹 숙이고 있던 종우가 휴우, 하고 한숨을 크게 쉬더니 벌떡 일어나 문을 열고 밖으로 나갔다. 발자국 소리가 크게, 희미하게 들려오다가 사라졌다.

"나, 가야겠다. 너무 늦어서 잠이 와. 야 이거 너무 늦었잖아."

근식이도 천천히 일어서서 나가며 정현과 민선이의 등을 가볍게 두드리더니 병호 뒤로 슬며시 돌아가서 그의 양 어깨를 힘 있게 쥐고 흔들었다.

"우리들의 영원한 회장! 짜아식!"

그러고는 나가버렸다.

"병호야, 늦었잖아. 가야지."

"그래, 너무 늦었다."

병호가 일어서자 정현도 같이 일어서서 민선이를 한 번 스치고는 나갔다. 방에는 둘만 남았다. 잠시 침묵이 돌다가 민선이는 상욱을 보며 말했다.

"오빠, 무슨 생각을 그렇게 심각하게 해?"

"모르겠어. 내가 지금 무슨 생각을 하고 있는지. 아니야. 내가 생각할 능력이나 있는지 어쩐지."

"난 병호 오빠한테 감동 먹었어. 평소 소리만 꽥꽥 지르던 오빠가 속에서 그런 마음으로 지냈다는 게 믿어지지 않아."

"그 앤 원래 속마음을 잘 털어놓지 않는 애였어. 좀 전에 말한 것도 아마 다 풀어놓지는 않았다는 느낌이 들어. 하여간 별종이야."

"우리한테도 평소에 얼마나 소리를 질러댔는데…….. 그런데 그 말이 그리 싫지 않았어. 말은 거칠어도 그리 싫지 않은 거 있잖아."

"나도 알아. 야, 너무 늦겠다."

"엄마한테 잔소리 한 바가지는 마실 준비를 해야겠어. 엄만 뮤지컬이라면 질색을 한다아."

말끝을 올리며 빤히 쳐다보다가 일어섰다. 상욱도 일어섰다. 둘은 골목을 빠져나오면서 자연스럽게 서로 손을 잡았다.

"한 마디만 더 할까? 오빠, 이젠 담배 좀 그만 펴! 확 변하라는 게 아니라 아주 조금씩은 변해야 돼. 병호 오빠처럼. 할 수 있어?"

"몰라, 얘가 왜 자꾸 그래? 엄마 잔소리처럼!"

"아냐, 정말 변해야 돼. 대학도 뮤지컬학과를 목표한댔잖아. 실망시키지 말고 차분히 나가야 돼. 나도 따라갈 테니까. 이제 얼마 남지도 않았어. 이번 공연 비디오도 대학에 제출한다며? 하여간 헛길로 새지 마! 그리고 제발 담배 좀 끊어!"

"그만 좀 해라. 자꾸 떠들면 잔소리밖에 더 되냐? 빨리 가!"

골목을 빠져나가던 민선이가 슬며시 서더니 뒤를 돌아보았다. 상욱이는 천천히 다가갔다. 그리고 갑자기 민선이를 꼭 껴안았다. 짧은 순간, 민선은 두 손으로 가슴을 밀치며 골목을 뛰어나갔다. 그 뒷모습을 멍하니 바라보며 오늘따라 가로등이 어질한 골목길을 유난히 밝게 비추는 것처럼 느껴졌다.

12. 검은 가루는 멎었지만

상욱이 방에서 나온 후 나는 마땅히 갈 곳이 없었다. 밤이 깊어 자정이 가까운 거리에 사람들은 모두 어둠과 뒤섞여 흔적을 찾을 수 없었다. 이상했다. 비록 자정이 가까운 때라 해도 평소에는 광산의 을방과 병방 근무자들이 교대하는 수런거림이 있었고, 그들의 혀끝에서 굴러 나오는 술집의 숨소리도 살아남아서, 하루를 마감하는 삶의 거친 말씀들이 술집 밖으로 새어나오는 시간이었다. 그러나 지금은 너무 조용했다. 11월의 싸늘한 바람만이 밤거리에 잠긴 먼지를 휩쓰는 어둠 속에서, 나는 잠시 하늘을 쳐다보았다.

가로등 불빛까지도 빨아들이듯 회색 구름이 온 시가지를 무겁게 누르고 있었다. 머릿속이 저 구름으로 채워진 것처럼 혼탁했다. 찬바람이 날카롭게 목깃으로 파고들어서 몸을 흠칫 떨었다. 상욱이 방에서 그냥 잘 걸, 하는 후회가 치밀었지만 그냥 계속 빈 거리를 걸었다. 집에 돌아가고 싶지는 않았다. 답답한 집. 갑갑한 집안. 흐늘거리듯 지내는 아버지. 엄마는 아직 돌아오지 않았을 거다. 아직도 식당일이 끝나지 않았을 테니까. 형은 서울에서 잘 지내고 있을까. 구로구란 말만 문자로 전하고는 형은 더 이상 자신의 주거지에 대해서는 입을 닫았다. 아니, 아예 소식을 끊었다.

단천숯불갈빗집에는 아직 내실에서 불이 훤했다. 도계에서 가장 늦게까지 영업하는 집이었다. 저 속에서 엄마는 취객들이 남긴 찌꺼기를 행주로 부지런히 닦고 있을 것이다. 아버지는, 아버지는 집에서 티브이 앞에서 베개에 상체를 비스듬히 기대고 만날 보는 종편 뉴스에 시선을 집중하고 있을 것이다. 저런 나쁜 놈들 봐라. 저것들 때문에 나라가 이 모양이지. 음 음, 커억. 저런 사기

꾼 녀석들은 다 총살시켜야…… 커억, 컥! 이빨 빠진 사기그릇 뚜껑을 열고 그 속에다 가래침을 뱉는 그림이 그려졌다. 그리고는 양손으로 번갈아 가슴을 쾅쾅 치며 가쁜 숨을 몰아 쉴 것이다. 아버지 곁에 있으면 숨 쉴 때마다 식— 식— 하는 기분 나쁜 소리가 났다. 숨을 들이쉬고 내쉴 때마다 섬유화가 진행된 폐의 숭숭 뚫린 작은 구멍으로 바람이 스치는 소리가 소름처럼 내 가슴으로 밀려왔다. 그럴 때면 아버지의 기흉이 나에게 전염되기라도 하는 듯 아버지 몰래 가슴을 쓸어안으며 슬그머니 일어나서 내 방으로 돌아가곤 했다.

모든 정치인들은 다 아버지의 총살감으로 존재했다. 직장에서 쫓겨나게 한 당신의 무기력한 육체에 대한 혐오감과 분노를 모든 정치인들에게 들씌워야 분이 풀이는 모양이었다. 평소 아버지는 말이 없었다. 시끄럽게, 가래침 뱉는 소리만 빼고는 아버지가 집에 있는지 없는지 모를 정도로 움직임에 소리가 없었다. 꼭 살아 있는 그림자처럼 행동했다. 그러나 티브이에서 흘러나오는 뉴스만 보면 갑자기 사람이 달라졌다. 정오에 집을 나서는 엄마는 아버지가 밤새도록 뱉어낸 오물을 깨끗이 씻어서는 다시 아버지 머리맡에 얌전히 갖다놓았다. 나는 안방에는 거의 들어가지 않았다.

몇 십 년 전에 블록으로 지은 집은 아직도 이곳에서는 많은 가족들의 보금자리로 버티고 있다. 한창 탄광이 번창할 때 몰려든 광부들 주거지가 부족하자, 석공과 민영 광산업자들이 싸구려 블록으로 산허리를 계단식으로 깎아서 한 라인에 일곱 가구가 살도록 지은 관사. 부엌과 방 두 칸이 고작이지만 그 수백 채의 낡은 집 속에서 수많은 광부들의 가족이 살아 숨 쉬던 귀중한 삶의 터전이었다. 이젠 거의 철거됐지만 아직도 수십 채가 남아 있다. 우리 집도 역시 그 속에 꿋꿋이 버티고 있었다. 그러나 나는 항상 편안했다. 형이 집을 떠난 후 혼자 방을 차지하면서 자신의 세계를 마음껏 풀어놓을 수 있는 방. 아버지의 기침소리나 가래 뱉는 소리만 없다면 더 이상 아늑한 곳이 세상에 없을 그런 방이었다.

아버지는 항상 방에서 지냈다. 가끔 집 밖을 나가도 집 위에 있는 느티나무공원을 천천히 기웃거리다가 피곤하면 다시 집으로 돌아왔다. 이상하게도 아버지는 내 방으로는 거의 들어오지 않았다. 내가 아무리 밤늦게 돌아와도, 때로는 술에 엉망으로 취해 돌아와서 이불 위에 엎어져도 아버지는 상관하지 않았다. 그럴 때면 엄마는 항상 밥이 조금 섞인 따뜻한 국을 들고 와서는 엎어져 있는 내 머리맡에 조용히 놓고 깨웠다. 근식아…… 얘야, 근식아……. 일어나지 않아도 계속 어깨를 흔들면서 깨웠다. 나는 엄마에게 결코 투덜댄 적이 없었다. 귀찮아도 할 수 없이 일어나 엄마의 걱정이 녹아든 국물을 벌컥대며 마시고는 다시 늘어졌다.

아버지는 내가 고등학교 입학할 때부터 집에서 그냥 그렇게 지내고 있다. 초등학교 시절 기억에는, 아침에 아버지를 볼 수 없었다. 밥상에는 엄마와 형과 내 밥그릇만 놓여 있었다. 아버지의 출근은 빨랐다. 우리가 등교한 후 집안 일거리를 마치고 엄마는 식당으로 갔다. 아버지는, 아버지는 평소에도 말이 별로 없었다. 학교 성적표가 날아와도, 형과 내가 자정이 지나 집에 들어와도 도무지 신경 쓰지 않았다. 토요일도 일요일도 없이 출근하고 퇴근했다. 엄마도 낮부터 일터로 나갔다. 형과 나는 항상 후줄근한 옷만 걸쳤다. 친구들이 놀렸다. '시장표 패션'. 사실 놀리던 친구들 중 몇몇도 별로였다. 그 후에 알았지만, 친구들 중 후줄근한 옷을 걸친 애들은 대개 석공이나 민영탄광의 임시직이나 일용직 사원의 자식들이었다. 다 같은 시간대에 출근하는 노동자들은 다 같은 월급을 받는 줄 알았지만, 아니었다. 정규직의 반밖에 못 받는 광산 근로자들. 바로 아버지 같은 사람들이었다.

병호 녀석은 말은 안 하지만, 집에 대한 불만을 온몸 가득 채우고 지낸다는 건 친구들 모두 알고 있다. 새엄마가 들어오고는 말 한 마디 나누지 않았다는 사실도 우리는 알고 있다. 그러나 아무리 불만을 채우고 다녀도 '사끼야마 차'는 병호네 집의 든든한 버팀목이 틀림없다. 병호 아버지는 어른들 사이에서 '사끼야마 차'로 통했다. 우리도 다 안다. 탄광 막장에서 굴진할 때 선두에서 일하는 사끼야마가 무슨 뜻인지를. 그러나 우리집……. 아버지는 일용직이었다. 사끼야마가 아니라 후산부보다도 훨씬 적은 돈을 받으면서 비슷한 작업량을 채우는 일용직 광산 근로자. 그러나 나는 이런 사실에 대해 한 번도 불만을 가져본 적이 없었다. 병호는 대학에 진학하면 등록금이 회사에서 다 나오지만 난 아니다. 그래도 나는 불만이 없다. 까짓것. 대학 안 가면 되지. 그래도 한 곳은 늘 마음에 차 있다. 학비가 고등학교처럼 아주 싸다는 강릉의 도립대학.

친구들은 모두 대학을 꿈꾼다. 비록 공부와는 담을 쌓고 지내지만, 그래도 마음 한구석에는 대학이라는 달콤한 사탕 하나씩은 품고 있음을 나는 안다. 짜식들, 지지리도 못난 것들이 대학만 가면 용 되나. 한주먹거리도 안 되는 것들. 학교에서 주먹 하나로는 나를 당할 녀석이 없다는 것. 그것이 내 유일한 재산이지만 그렇다고 아무에게나 주먹을 휘두를 수는 없는 일이다. 병호와 같이 갖가지 짓궂은 사건도 벌였지만, 역시 3학년이 되고는 행동이 좀 주춤해졌다. 특히 병호 그 자식은 알다가고 모를 녀석. 요즘 모두 뮤지컬에 빠져 즐겁게 보내고 있지만 2학년 초까지만 해도 무서운 게 없었다. 그러나 있었다. 세상 무서운 존재는 바로 엄마였다. 내가 어떤 일을 하든 엄마는 나에게 아무 말도 하지 않았다. 그 무언의 표정 앞에서 나는 꼼짝하지 못했다. 항상 포근한 얼굴로 나를 가만히 부르기만 했다. 근식아, 근식아……. 그 음성에 나는 그냥 녹아들었다.

아버지의 병과 실직. 그래도 오래 근무하는 게 꿈이었던 가족 모두의 바람은 빗나갔다. 기침이 심해지고 가래를 뱉어내는 횟수가 잦아지던 아버지는 석공병원에 다녀온 후 그냥 집에 늘어져 버렸다. 어른들의 세계인 탄광 사정을 몰랐던 나는, 일용직 사원인 아버지가 갱도 깊숙한 막장 근처까지 들어가 일했다는 사실을, 아버지의 동료들이 집에 와서 아버지의 병에 대해 엄마와 얘기하는 말을 듣고서야 알았다. 아, 아버지는 막장이라는 곳에서 잡역부로 일했구나, 막장……막장. 그리고 진폐증! 중3 때였다.

형은 고등학교를 졸업하고는 바로 서울로 튀었다. '튀었다'라는 말이 적당했다. 졸업 후 한 달 간 술만 마시던 형은 어느 날, 옷가지 몇 점 넣은 작은 가방 하나 들고 말없이 사라졌다. 서울로 튀었다, 는 말은 형 친구들한테 들었다. 아버지는 아예 묻지도 않았다. 엄마도 아무 말이 없었다. 집안에서 형은 사라진 그림자였다. 누구도 형에 대한 말을 꺼내지 않았다. 그런데 엄마는 몰랐을까. 형이 어디로 갔는지, 왜 집을 말없이 떠났는지 엄마는 정말 몰랐을까.

갈빗집의 부연 유리창에는 한 무리 손님들의 실루엣이 흐릿하게 보인다. 엄마는 저 손님들이 다 가면 식탁을 정리하고 설거지를 마친 후 다시 식당 바닥을 깨끗이 청소한 후에야 문을 나설 것이다. 그러려면 아직도 한참 기다려야 될 게다. 밤기운은 싸늘하고 상욱이 방에서 나눈 친구들의 이야기가 머릿속을 어지럽힌다. 슬며시 변해가는 병호, 뮤지컬 공연, 후배들. 곰…….

들어가기 싫다. 집은 싫고, 그렇다고 밤새도록 거리를 쏘다닐 수는 없는 일이다. 좁은 상욱이 자취방에는 지금쯤 상욱이 혼자 늘어져 있을 것이지만 그 옆에 끼어들고 싶지 않았다. 가끔 여럿이 밤늦도록 놀다가 그 방에서 서너 명이 끼어서 잘 때도 있었지만, 그러나 지금은 내키지 않았다. 부연 가로등 위로 캄캄한 어둠은 천천히 흘러가고, 나는 마땅히 갈 만한 곳이 떠오르지 않았다. 아, 나는 혼자다! 엄마는 저 속에 있다!

나는 갈빗집에서 벗어나 새모습예식장 곁을 따라 걸었다. 날은 더욱 춥고 바람이 매섭게 불었다. 몸이 으스스 떨렸다. 굴다리를 건너고 동서분식점 앞에서 잠시 망설였다. 상욱이 집에 다시 갈까. 집에 갈까. 잠시 생각하다가 집으로 발길을 돌렸다. 골목길은 유난히 좁아보였다. 아버지 방에서 희미한 불빛이 격자창 틈으로 새어나왔다. 티브이를 보고 있을 것이다. 나는 내 방 문고리를 잡고 가만히 들어가서, 벽장 속의 이불을 방바닥에 펴고 조용히 누웠다. 옆방 티브이에서 울려나오는 소리가 가늘게 들렸다.

13. 투게더

토요일 오전. 기온이 싸늘했다. 그러나 하늘은 쨍하니 맑았다. 동원되는 차량은 버스와 트럭을 합하여 두 대. 그러나 역시 부족했다. 캐스트가 30여 명에 스태프가 15명. 무대를 꾸미는 일을 학생들에게만 맡길 수는 없는 일. 교사도 대여섯 명이 따라붙었다. 버스에 학생들을 최대한 태우고 트럭에는 여러 복잡한 무대 설비와 장치를 실어야 했다. 나머지 학생들은 교사들의 승용차를 타고 가기로 했다. 체육관 앞은 난장판이었다. 모두들 소리 지르며 그동안 만들어 보관해 온 대도구와 소품들을 나르고 싣고 하느라 정신이 없었다.

"아, 이거 날이 좀 싸늘하지만 하늘은 맑구만그래. 좋은 징존가? 야야, 거기 소나무가 꺾어지잖아. 조심해라! 갱도가 무거우니 몇 명 더 붙어. 그렇지. 자, 천천히 들어서 올려!"

"호호호 천하의 권영운도 떨리는 모양이군. 이젠 공연도 천기 살피면서 하나?"

권영운과 김남훈은 바쁜 중에 농담도 하지만 서로 긴장되기는 마찬가지였다. 결정적 순간인 것이다. 잘되면 시에서 지원금도 더 받을 수 있고 매스컴 영향으로 뜰 수도 있는 일이다. 물론 3학년 학생들의 관련학과 진학도 유리해진다.

"빨리 가서 드레스 리허설도 마쳐야 되고, 천장에다 배경 그림도 다섯 장이나 달아야 되고, 탄광 내부도 장치해야 하고. 아하, 바쁘다 바빠!"

"공연까지 시간이 있으니 충분하겠지. 거기 근식이, 이리 좀 와 봐."

합판으로 만든 갱도를 여럿이 트럭에 나르고 있던 근식이가 다가왔다.

"넌 버스 타지 말고, 힘 좀 쓰는 애들 세 명을 데리고 내 차에 타고 가야겠다. 트럭은 짐을 싣자마다 바로 출발할 거고, 선생님 몇 분과 학생들은 트럭을 따라올 거니까. 우린 먼저 가서 극장 무대 정리를 좀 해야겠다. 알았지?"

"점심은 언제 먹어요? 전 아침도 굶었는데?"

"점심은 삼척에서 돼지 두루치기로 할 거야. 저녁 때 다시 잘 먹으면 되고. 어차피 끝나면 회식이 있잖아? 아침은 삼척 가서 빵과 우유로 때우자."

"알았슴다."

오전 10시. 김남훈 선생은 학생들 넷을 태우고 떠났다. 오후 다섯 시 공연에 맞추려면 시간이 그리 넉넉한 편은 아니었다. 체육관 앞은 어느 정도 정리가 되어 학생들을 버스에 태우고 갈 일만 남았다. 승용차 다섯 대는 무대 장비를 실은 트럭이 떠나기 전에 공연장에서 짐을 나를 학생들을 태우고 먼저 떠났다.

"자, 준비됐나? 권 선생, 출발하지?"

"네, 버스를 출발시키겠습니다. 일할 선생님들은 도움 학생들과 먼저 떠났고 하니, 이젠 가도 됩니다."

"그럼 난 음악 선생과 같이 가네. 그리고 학부형들은 얼마나 올까? 연락은 다 했지?"

교장의 걱정에 학생부장 송경국이 옆에서 말했다.

"모든 학생들 편으로 안내장을 보냈으니까, 특히 캐스트 학부모들은 특별히 전화로 다 알렸고요. 그래도 한 오십 명 정도 오시려나……."

"하이고, 그럼 내가 큰절하겠다."

권영운은 버스에 올라탔다. 모두 긴장하면서도 즐거운 표정이었다.

"자, 우린 가야 한다. 오늘 드디어 진짜 공연이니 모두 각오 단단히 먹었나?"

"네엣. 그런데 정근이가 갑자기 화장실 가고 싶답니다. 히히히."

"에라 이 자석아, 빨빨리 다녀 왓!"

그러나 남녀 서너 명이 또 뛰어나갔다.

공연 장소인 문화예술회관 1층은 규모가 굉장히 큰 편이었다. 1층 좌석만 칠백 석, 2층에도 삼백 석에 육박하는 대형 현대식 극장인데, 오십천을 옆에 끼고 유서 깊은 죽서루를 정면으로 보듬는 이층의 대형 건물이었다. 뒤로는 강물이 사행으로 파고 든 완만한 산허리가 건물을 포근히 감싸고 있었다. 회관 뒤편에서는 학생들과 교사들이 각종 도구를 나르느라 분주했다. 홍민수는 그 틈바구니를 헤치고 무대로 들어섰다. 바턴에 배경막을 설치하는 김남훈 선생과 학생들이 정신없이 손을 놀렸다. 배경이 다섯 종류. 각각 그림 윗부분을 바턴에 철사로 고정시키는 작업이었다. 그 옆에서는 갱도 구조물에 검은 석탄 색깔의 천으로 덮는 작업이 어려움을 겪고 있었다. 갱도 구조물이 워낙 대형이라서 작업이 쉽지 않아 보였다.

"야, 못을 촘촘히 박아야 천의 무게를 지탱할 수 있는 거야. 십 센티 정도로 띄우고 박아라이."

"정신없네요. 김 선생님. 제가 도울 일은 없습니까?"

"있어요. 이 장면을 영원히 남기도록 머릿속에 기억하는 일입니다. 부지런히 저장하십쇼."

"큭, 그러겠슴다."

홍민수도 갱도 구조물에 검은 천을 포장하는 작업에 붙었다. 밑면이 5미터 정도에 높이 2미터, 폭이 2미터의 만만찮은 구조물이어서 검은 천으로 씌우는데 연신 소리가 높았다. 검은색 천을 씌운 곳에 못을 박아 고정시키는 작업이었다.

"병호 있구나. 잘 돼 가나?"

"정신없어요. 애들 몇이 더 있으면 좋은데."

"그래? 내가 데려올게."

"아니, 쌤. 여기 잠깐 붙들고 계시면 제가 일할 애들을 데리고 올게요."

병호는 급히 밖으로 나갔다. 눈을 돌리자 화장실 뒤 숲에서 몇이 어른거리는 모습이 보였다. 그렇겠지, 이 자식들이 한 대 꼽고 있네.

"야, 거기 뒤에 누구야? 이리 나와 봐. 박정근이 용석이. 옆에 또 한 놈. 너들 참 잘 논다 잘 놀아. 지금 일손이 부족해 죽겠는데. 빨리 따라와! 이 자식들아, 지금 어느 때냐. 당장 무대 설치하면 밥 먹고 리허설 준비도 해야 하는데 지금 한가하게 염소새끼처럼 뻐끔거릴 때야? 따라와!"

눈치로 비실거리는 세 명을 데리고 무대로 돌아와서 일거리를 지시했다.

276

"거기 천을 꼭 잡고 있어. 잡았어? 그럼 거기에 못을 박아 고정시켜. 용석이는 이쪽으로 돌아와서 천을 더 잡아당기고. 그래, 그렇게. 야, 근식이. 넌 어딨다 지금 나타난 거야?"

"야 인마, 나하고 몇은 김남훈 쌤 따라 너들보다 한 시간이나 먼저 와서 무대 장치하느라 정신없었어. 알아? 너들도 자알 하고 있네. 좋아!"

"그래, 좋아 죽겠다. 할 일 없으면 거기 굵은 못이나 좀 가져와라."

벌써 열두시 반. 송경국이 들어왔다.

"점심시간인데, 먹고 나서 일하지. 요 앞에 뚜구리탕집에 맞춰놨는데 탕 싫어하는 애들은 그냥 돼지볶음 백반으로 하면 돼."

말이 끝나기 무섭게 학생들은, 와아— 소리 지르며 하던 일을 멈추고 뛰듯이 밖으로 나갔다. 역시 학생들의 식욕은 무서운 법이다.

"홍 선생, 나갑시다. 출출한데, 반주는 걸치면 안 되겠지? 호호."

"후후, 끝나고 실컷 드시죠. 자, 나갑시다."

밖에서는 나무 밑에서 안무 선생의 지시에 여학생들이 진지하게 춤동작에 열중하고 있었다.

"박 선생, 점심 먹고 합시다!"

역시 여학생들도, 와— 소리 지르며 동작을 멈추고 선생님을 쳐다봤다. 박 선생은 씨익 웃으며 손가락을 위로 치켜세우고 크게 원을 두어 번 그리자 학생들은 제각기 식당으로 향했다.

"짜식들, 꽤나 배고팠던 모양이군. 애들이란 역시."

"애들보다 내 배가 더 걱정이네."

모두 식당으로 걸어가는데 그늘 밑 벤치에 교장 선생님이 앉아서 무덤덤하게 광장을 바라보고 있었다.

"교장 선생님, 가시지요."

"이거, 날이 쌀쌀한데, 관객들이 많이 오겠나. 각 학교에는 다 연락이 됐지만 일반관중들이 많이 와야 되는데. 시장님은 오신다고 했고 의회 의장님도 방금 통화했는데 오신다고. 교육장님도 오시고. 관중이 걱정이야. 시내에 포스타를 아무리 많이 붙이면 뭘 하나. 와야지."

"아이 참, 교장 선생님. 진인사대천명입니다. 이젠 기다리는 일밖에 안 남았습니다. 우선 점심 드시고 걱정하시지요."

"그래, 내가 걱정한다고 관객이 구름처럼 밀려올 것도
아니고. 점심이나 먹세."

세 시 반. 문화회관 1층 무대에서는 드레스 리허설이
한창이다. 관계되는 모든 사람들이 관람석 맨 앞줄에 앉
아 있고, 안무담당 박 선생과 감독 권영운이 무대 아래
에서 이따금 날카로운 언어를 툭툭 던지고 있다. 회관
전속 조명기사가 김남훈 선생과 같이 작업을 하는 듯
오색의 빛깔을 무대 위에 뿌린다. 찬란한 부챗살 같다.
때로는 원형으로 돌기도 하고 중앙만 붉게 비추기도 하
면서 무대 위의 동작을 포착한다. 일층과 이층 사이의
유리창에서 뿜어져 나오는 오색 빛은 허공에서 잠자고
있는 먼지 입자들을 깨우면서 아래로 살짝 경사로를 타
고 정면 무대를 빠르게 더듬고 있다. 아직 텅 빈 관람석
1층 2층. 열기는 무대 위에서만 피어오르고 관람석은 기
대와 걱정에 찌든 눈빛만 어지럽게 날아다니는 오후. 아
직 온풍기의 열기가 전해지지 않아서 차가운 냉기만 어
둑한 공간에 잠기고 있다. 잘못된 동작을 지적하는 박

선생의 차가운 음성은 유리벽에 부딪치는 듯 높고 넓은 공간을 휘젓는다.

시작은 아직도 한 시간 정도 남았는데, 여학생들이 듬성듬성 들어오기 시작한다. 학생들은 항상 시간에 앞서서 살아간다. 홍민수는 밖으로 나간다. 해는 기울어 초겨울의 선뜻한 기운이 광장에 스며든다. 입구 옆 계단에 서서 정면에 펼쳐진 광장을 바라보다가 고개를 뒤로 돌린다. 회관 뒤로 돌아간다. 많은 학생들이 움직이고 있다. 캐스트와 스태프가 유기적으로 돌아가는 상황. 커다란 공용화장품을 돌려가며 한껏 분장하고 멋을 낸 여학생들의 춤사위가 멋들어지고, 미니스커트 교복 치마가 달랑거린다. 남학생들도 거울을 보며 부지런히 분장하기에 바쁘다. 가끔 학생부장 송경국과 교무부장 권영운의 날카로운 음성이 들려온다.

다섯 시에 시작하려면 30분밖에 남지 않았다. 오십천을 가로지르는 육중한 다리 위에 문화예술회관 광장으로 걸어오는 학생들이 줄을 잇는다. 승용차들도 분주히 모여든다. 광장에는 차곡차곡 승용차들이 줄을 이어 들어서고 학생들과 일반인들이 꾸역꾸역 모여들기 시작한다. 서로 만나서 인사를 하고 학생들은 서로 손바닥을 맞대며 낄낄거린다.

"이거, 잘하면 대박 나겠는데, 벌써 저렇게 관객들이 오는 걸 보니."

어느 새 김동회 선생이 곁에 서 있다. 아침과는 다른 흐뭇한 표정을 감추지 못한다. 민수는 동의한다. 그러게 요. 회청색 버스 세 대가 들어온다. 아, 저건 석공 버스다. 버스 전용주차장에 주차하고 내리는 사람들이 모두 도계인! 우리 학교 학생들 대부분이 광산에 근무하는 산업전사의 자식들이다. 도계에서 학부모들이 회사 버스 세 대를 이용해서 이곳에 왔다는 사실. 그렇다면 버스를 타지 않고 승용차로 온 분들도 많을 것이다. 그렇다. 대박 나겠다!

나에게 심장이 있다면, 그날 이후 새로 만들어진 심장일 것이다.

공연 삼십 분 전, 살며시 관중석을 살펴봤을 때 나는 심장이 멎을 것 같았다. 일층과 이층 관중석이 꽉 찼다. 저 많은 눈들 앞에서 연기해야 한다는 사실을 믿을 수 없었다. 이때까지의 공연은 많아야 사백 명을 넘지 않았다. 학교에서 주민들을 대상으로 할 때도 학생들을 포함하여 사백 명이 고작이었다. 그런데 이건 아니었다. 천 명도 넘는 시민들이 좌석을 꽉 채우고 곧 공연될 우리들의 모습을 기다리고 있었다.

나뿐 아니라 우리 부원 모두 살며시 관중석을 살피고는 얼굴이 굳어졌다. 우리 동네에서 공연하는 것과는 차원이 다르다는 점을 알아차렸다. 앞줄 중앙에 시장님과 의회 의장님, 교육장님 같은, 탄광촌에서는 구경도 못할 높은 분들이 앉아 있다는 점은 더욱 우리를 주눅 들게 했다. 삼십여 명의 우리는 말이 사라졌다. 평소 큰소리치던 나도 근식이도 상욱이도 그 분위기에 압도당해 얼굴이 굳어져서 잠시 멍한 표정을 서로 확인해야 했다. 재잘거리던 여학생들도 마찬가지였다. 평소 지시를 잘 따르지 않고 그저 미니스커트에 거울만 신경 쓰던 애들도 입이 굳어 버렸다.

그때였다. 야, 저기 곰이 왔다. 어디? 몇이 살짝 막을 들추고 살피다가, 맞아, 곰이 왔어. 옆에는 사모님 같아. 병원에서 퇴원했나? 아냐, 공연 보러 잠시 나왔을 거야.

나도 엉겁결에 살폈다. 아래층 중앙 열 번째 줄쯤에 앉아 있었다. 큰 덩치가 두드러졌다. 갑자기 가슴 한쪽에서 어떤 기운이 전해졌다. 그건 편안하고 따뜻한 곰의 모습이 내 가슴으로 전해진 탓이었다. 그런데—

아니다. 곰 때문만은 아니었다. 바로 그 뒤에 아버지와 새엄마가 동생 여진이와 같이 앉아 있었던 것이다. 결코 이런 자리에서는 평생 만날 일이 없을 것이라고 굳게 믿었던 내 마음이 한순간 발밑으로 부서져 내리는 파동, 왜 그렇게도 포근하게 온몸으로 번졌던지. 잠시 눈앞이 흐릿해지면서 머릿속은 빠르게 움직였다. 저들이 나를, 우리를 보고 있다. 밑에서부터 치밀어 오르는 어떤 느낌이 입 밖으로 나오려고 발버둥을 쳤다.

참을 수 없었다. 나는 조용히 단원 전체를 모았다. 감독 선생님과 안무하시는 박 선생님이 의아스러운 눈으로 우리들을 살폈다. 지금 생각해도 내가 왜 그때 갑자기 그런 말을 했는지 모르겠다.

"시간이 없지만 내가 한 마디만 하겠어. 자, 우리는 지금 상황을 바로 이해해야 돼. 저 많은 관중 앞에서 우리는 연기해야 한다는 거. 이제는 도망갈 곳도 피할 구멍도 없고, 오직 우리들의 모든 것을 보여주기만 하면 되는 거야. 우리……, 떨지 말자. 어차피 우린 탄광 촌구석에서 지냈잖아. 실수 좀 하면 어때? 실수? 그거 겁내지 말자. 잘 알잖아. 우린 수많은 실수를 하며 지금 이곳까지 왔어. 마지막 실수를 정말 겁내지 말아야 돼. 실수를 하자, 그러나 떨지 말자. 두 번 말하지만 우린 무슨 실수를 해도 손해날 건 하나도 없어!"

잠시 멈췄다. 사실 나는 극도로 긴장하고 있었음에 틀림없었다.

"긴장하지 말자! 실수는 항상 해 왔잖아. 우리 학교 애들 앞에서 공연할 때처럼 마음 편하게 하자. 저 사람들이나 우리나 같은 땅에서 숨 쉬고 같은 밥 먹는 사람일 뿐이야."

말하면서 나는 그들을 보았다. 두려운 기색은 없었다. 그랬다. 우리들의 거친 말투와 행동을 오늘 그대로 보여준다는 생각이 그들 마음에 가득 차 있음을 알았다. 마지막 말이었다.

"배운 대로, 연습한 대로, 실수에 떨지 말고 부드럽게. 지난 2년간의 노력을 한 번 멋있게 풀어보자고. 후회 없는 오늘을 만들어야지. 우리들은 대부분 광부의 자식들이잖아. 까짓것, 물러서도 갈 데가 없고 오직 막장에서 앞으로 나갈 일만 남았을 뿐이야. 우리 모두 도계의 검은 땅에서 부지런히 지금까지 걸어왔어. 우리 부모님들 앞에서, 도계 알길 우습게 아는 저 삼척 시민들 앞에서, 한 번 우리 능력을 보여주자!

평소 우리는 공부 못한다고, 교칙 어긴다고 선생님들에게 얼마나 욕만 먹고 지냈나……. 그까짓 것 공부 좀 못하면 어때? 우린 우리들이 할 일이 있다고. 남들이 못하는 우리들만의 일! 곰이 병원에서 그러더라. 우리가 안고 있는 열정, 바로 그 열정을 똘똘 뭉쳐서 오늘 보란 듯이 내보이자. 우리들의 능력을 당당히 보여주자. 자, 멋있게 실수하자! 마음껏 실수하자! 우리 함께 검은 땅을 당당히 걷듯이, 푸른 하늘을 향해 신나게 노래를 불러보자. 나가자! 투·게·더!"

오른손을 불끈 쥐고 세 번 흔들었던가.

"투!·게!·더!"

모두 한 박자로 외쳤다. 조용한 박수소리가 났다. 감독과 안무 선생 쪽이었다. 그러자 잔잔히 박수가 퍼졌다. 길게 퍼졌다. 점점 높게 퍼졌다. 병호 오빠, 파이팅!
윤주였다. 갑자기 종우가 숙연히 나섰다.

"그래, 떨지 말자. 까짓것, 우리가 못할 일이 뭐가 있
나. 야 우리, 그냥 평소대로 연기하자. 병호 말대로 쫄딱
망해봐야 우린 손해 없어야. 좋아, 한 번 해보자!"

모두 슬며시 웃으며 이어지는 박수소리에 따라 각자
의 자리로 돌아갔다.

모든 상황이 잘 풀렸다. 뺀지와 철조망의 격투에서 쪼
달이가 너무 흥분한 나머지 각본에도 없는 공중제비하
다가 팔꿈치를 다친 일. 뺀지 보스와 철조망 보스가 서
로 원원의 세계로 나아갈 때 관중들이 귀청이 찢어질
듯 박수를 보낸 일. 아버지와 아들의 대화에서 아버지
역을 한 내 무선 마이크가 갑자기 꺼져서 육성으로 마무
리한 일. 다 아무 것도 아니다. 결정적인 장면.

마지막, 탄광 막장에서 사고로 위험에 처했을 때, 우
리는 정말, 실재의 사고인 것처럼 빨려 들어갔다.

이 불빛이 꺼지기 전에 부모님께 마지막 말을 남겨야

될 것 같아.

아버지, 살아나가면 가슴에 박힌 못, 다 빼 드릴게요.

아버지, 내가 살아나가면 아버지는 다시 태어난 무식이를 보시게 될 거예요.

아버지의 아들로 태어난 것이 너무나도 자랑스럽습니다…….

이 장면에서 망치와 무식이 영재 쪼달이는 다 울었다. 상황에 맞춘 억지 눈물이 아니었다. 그동안 가슴 저 밑에 다지고 쌓은 지난 일들이 일제히 고개를 들고 우리들의 눈물샘을 세차게 두드렸던 것이다. 광부 역이었던 나 역시 솟아나는 눈물을 억제할 수 없었다.

공연이 끝난 후 모두들 백스테이지로 돌아가 서로 껴안고 다시 눈물을 흘렸다. 모든 단원들이 울었다. 선생님들이 말리지 않았다면 밤새도록 울었을 것이다. 고개를 들고 서로의 얼굴을 확인하면서 다시 웃었다. 분장을 진하게 했던 얼굴이 눈물로 뒤범벅이 된 꼴을 서로 보고 웃다가 다시 울었다.

객석에서는 환호와 박수가 계속되었다. 선생님들도

홍분해서 우리를 무대로 몰았다. 안무 선생님은 '커튼 콜'을 연신 외치며 눈물을 글썽였다. 우리는 다시 무대로 나갔다. 함성과 박수에 귀가 아플 정도였다. 모두 몇 번이나 인사를 했는지 모른다. 사방에서 여학생들이 휴대폰을 들고 우리들을 찍어대던 장면도 기억한다.

그리고 그것!

교장선생님과 시장님이 악수를 나누는 그 뒤에서 아버지와 종우 아버지가 얼싸안고 서로의 등을 두드리는. 원수처럼 흘기던 두 사람의 극적인 화해였다. 그 옆에서 엄마와 여진이가 일어서서 힘껏 박수를 치고 있는 모습!

또한 우리들의, 거대한.

두 손으로 얼굴을 감싸고 앞 등받이에 몸을 깊게 숙인.

부인이 그의 등을 어루만지고 있었다. 곰이었다. 우리들의 곰! 우리들을 거칠게 내몰던 곰이 온몸으로 떨고 있었다.

우리들은 일제히 무대에서 뛰어내려 곰에게 달려갔다. 그리고 그 넓은 등 위에 엎어졌다.

끝났다.

처음 '광부의 노래'가 나올 때 나는 온몸의 피부가 예리하게 떨리고 소름이 돋았던 때부터 마지막 탄광사고에서 배우들의 울음 섞인 연기를 보고는 더 객석에 앉아 있을 수가 없었다. 그들의 울음은 진정 가슴에서 흘러나오는 뜨거운 울음이었다. 캄캄한 밖에서 수건으로 계속 눈을 훔쳤다. 세련된 연기를 요구한 적은 없었지만, 하지만 그들은 온몸으로 연기했다. 그것으로 충분했다.

교장 선생님은 그 후 3일간 병원에 입원했다. 병명은 감기몸살.

한 달 후, 학교 교정에서 그들을 보았다. 방학 무렵이었다. 그날의 주역들이 두터운 외투 앞을 풀어헤치고 재잘거리면서 걸어오다가 나를 보고 병호가 먼저, '민수

쌤'하고 다가왔다.

"야아 병호. 오랜만에 보네. 근식이, 종우도. 다들 무슨 즐거운 일이 있었나? 표정이 여유 있군그래. 그런데, 그게⋯⋯그⋯⋯ 말이야. 어떻게 잘 돼 가는 거야?"

"어, 그거요? 그건 특급 비밀인데⋯⋯. 에이, 쌤한테만 말하지요. 병호는 두 곳 다 떨어졌고요 후훗. 마지막 한 군데는 1차 겨우 합격했어요."

근식이가 웃으며 말했다.

"상관없어요. 거기가 안 되면 다른 데 가죠 뭐."

병호는 밝았다.

"어디로?"

"어딜 가도 자신 있어요. 못할 게 뭐가 있어요? 상관없어요. 연기학과 같은 데면 무조건 갈 겁니다."

"근식이, 너는?"

"얜 도립대 간대요. 학비가 엄청 싸다는데."

병호가 근식이 어깨를 잡으며 대신 말했다.

"그리고 상욱이는 내가 떨어진 대학에 1차 합격하고 어제 면접 보러 올라갔어요. 연극영화과에."

"그래? 잘 됐네. 모두 잘 돼야 하는데. 병호도 마지막

엔 잘 되겠지. 기다려보자."

"저는 근식이와 같이 도립대로 갑니다. 우린 생사를 같이 하기로 했슴다, 쌤."

옆에서 종우가 끼어들었다.

"인마, 넌 좀 빠져라, 형님이 말할 땐."

"어쭈, 몇 달 어린 형님도 다 계시네."

"짜식이, 민증도 없는 게."

"흐흥, 그깐 민증? 웃겨. 민증에 생년월일 제대로 박힌 거 있으면 나오라고 해. 난 인마, 일 년 늦게 올린 것 몰라?"

"그래, 너 잘났다."

"잘났지 그럼. 야, 헛소리는 치우고. 원래 짜장면 먹으면 다 헛소리만 나오냐? 병호 너, 엊저녁에 식구들과 삼호관에서 환히 웃으며 기분 좋게 나오는 걸 봤는데, 짜장면만 먹으면 넌 항상 헛소리가 많더라."

"뭐야? 이게……?"

둘이 자그락자그락하는 모양을 민수는 미소를 띠고 차분히 보고만 있었다. 산골바람이 차갑게 불지만 그리 맵지는 않다고 느꼈다. 점퍼의 앞 지퍼를 살짝 내렸다.

오늘 저녁에는 병원에 갈 생각이다. 한동안 곰을 만나지
못했다.

〈끝〉